DANÇANDO PARA FELICIDADE

Rute Lombano

Primeira Edição

Osasco - SP

ISBN-13: 9798449041968
ISBN-10 1477123456

Design da capa por: Autora
Número de controle da Biblioteca do Congresso: 2018675309

Impresso nos Estados Unidos da América

NOTA DA AUTORA:

A dança representada nessa obra por Lia nada mais é do que uma dança chamada "Dança pega marido", Lia interpreta uma dançarina amadora, além disso a dança funciona para esquentar a relação entre o casal que já está juntos a bastante tempo, não confunda com algo vulgar ou pecaminoso.

CAPÍTULO I

O dia estava quente e a fila não andava naquela agência de empregos, o calor que fazia era insuportável, o ar- condicionado não produzia nenhum efeito, eu já estava ali há mais de uma hora e ainda tinha três pessoas na frente, Lia estava na agência "Práticos e rápidos", uma agência que mandava pessoas para trabalhar no exterior, Lia tinha experiência, pois trabalhou seis meses na Espanha como arrumadeira de um hotel de luxo e, mais seis meses na Suécia, também em hotel, agora tentava um outro emprego de assistente de uma escritora na Inglaterra, já havia mandado o seu currículo pela Internet, esperava ser chamada para a entrevista, sabia que tinha duas candidatas e ia ficar sabendo se vaga era sua ou não, tudo o que teria que fazer era aguardar a sua vez, já estavam acostumadas com a demora, todas às vezes eram iguais, a pessoas que ia contratar é que dizia se queria ou não a pessoa. Depois de uma hora e meia de espera eu fui chamada à sala da Carmem que ela já conhecia.

_Como vai Lia?

_Bem obrigada, e você?

_Como Deus quer, olha quantos papéis! – Diz mostrando a sua mesa atolada de papéis -Eu às vezes não vejo o telefone no meio dessa papelada toda. Mas vamos lá – Ela pega a minha ficha e olha sorri e me responde – Você é bem sortuda.

_Eu consegui? – diz esperançosa

_Com louvor, eu espero que todos os seus

documento estejam ai com você.

_Estão sim.– Lia pega todos o seu documento na bolsa, Carmem faz o cadastro e diz:

_Como você já sabe dos procedimentos eu vou poupá-la, você vai ficar por seis meses, sendo que se ela manifestar que não gostou de você ela ligará e você voltará, se não, será renovado automaticamente. O salário você poderá retirar com o cartão, nos podemos usar a conta que você já tem conosco, o salário é ótimo.

_Realmente.

_O lugar é calmo, maravilhoso, fica no condado de Avon, uma cidadezinha, deixa-me achar o nome aqui. – Pega a ficha e diz: - Cidade de Bath, por causa das termais tem esse nome, ela mora com o marido que é advogado, tem três filhas adolescentes. Você vai se dar bem, o lugar é excelente para se viver, se eu fosse você não saia mais de lá. A Helen é filha de um industrial da lã, eles são bem ricos você vai ter tudo o que quer se souber trabalhar, eu sei que você sabe, então aproveite. Ok?

_Ok! Quando eu viajo?

_Amanhã à noite, - Fala e entrega-lhe os documentos e a passagem – agora assina tudo, onde tem um x marcando.

Lia fez tudo conforme o pedido, saiu dali aliviada e alegre por ter conseguido um novo emprego, chegou e contou ao seu pai, pois eu morava só com ele, sua mãe era falecida.

_Quer dizer que vou ficar sozinho de novo? – E fala com tom de tristeza.

_Oh, pai! É por pouco tempo, a Bel vem para ficar com o senhor. E assim eu vou poder dar mais conforto para o senhor, e poder terminar a faculdade. – Dizia abraçando o pai com carinho.

_Eu sei minha filha, vai sim, eu sei que vai ser bom, mas, juízo. Cabeça no lugar, não vai se meter com qualquer um e, depois você já sabe.

_Pode deixar que eu vou me cuidar, estou vacinada contra os homens.

No dia seguinte seu pai acompanhou até o aeroporto Internacional de Cumbica, com destino a Londres, quando chegasse à dona Helen ia esperá-la para levar até sua casa.

Depois de horas de voo, chegou, estava uma brisa fria, temperatura agradável, viu um homem ao descer, com um cartaz na mão escrito seu nome, chegou perto e lhe disse:

_Olá! Eu sou a que você procura.

_Você é Lia Ramon Santos?

_Sim.

_Prazer, eu sou Wayne Winden.

_O prazer é todo meu. – Diz sorrindo para aquele homem lindo que estava na sua frente, ele estendeu a mão para ela e disse:

_Desculpe a Helen não poder vir, ela teve um pequeno contratempo com o seu editor, eu vim no lugar dela.

_Sem problema.- Respondeu segurando a mão fria e firme dele.

_Vamos? – Falava levando sua bagagem.

Ele a levou até o estacionamento em frente ao aeroporto onde estava estacionado seu carro.

– Temos um bom caminho para percorrer até em casa. – Abriu a porta para ela entrar demostrando toda sua educação.

Foram conversando, ele queria saber tudo a respeito Lia e de seu país, que lhe contava com detalhes, mudaram o rumo da conversa para assunto pessoal, tinham os mesmos gostos para músicas, as mesmas ideias quanto à política e outras coisas, não ligavam para religião, acreditavam em Deus, mas não eram apegados a dogmas ou algum clero.

_Engraçado como pensamos iguais.

_É mesmo. Sua mulher também pensa como você?

_Não, ela é o oposto, é católica fervorosa, vai a

missa todos os domingos... – Ele falava e de repente escutamos um estouro – O pneu furou. – disse parando o carro no acostamento, a estrada deserta, propriedades dos lados, ele desceu e ela também, ficou observando-o, com dificuldade para tirar os parafusos.

_Deixa que eu te ajudo, segura firme. – ele a olha não acreditando que ela ia lhe ajudar, achou-a tão frágil, ela segura a chave junto com ele e forçaram até que o parafuso saiu, fizeram mais três vezes até que todos saíram. Wayne olhava para aquela mulher desinibida e tão perfumada, se fosse outra não o ajudaria e reclamaria pelo acontecido.

_Obrigado pela ajuda Lia.

_Disponha. – ela sorria para ele que abria a portado carro para ela.

Continuaram o caminho até onde ele morava com a família, a conversa continuou animada, discutiam sobre tudo o que estava acontecendo no mundo, parecia que já se conheciam há muito tempo.

_Você é diferente de todas as mulheres que conheço. – disse ele

_Em que sentido?

_Em todos. Você é alegre, inteligente e muito divertida.

_Divertida?

_Sim, você diz coisas fora do comum. Ela deu uma risada que ele gostou muito por ser espontânea.

◆ ◆ ◆

Quando chegaram ele ria de algo que ela lhe disse, Lia

olhava a casa era muito bonita, de tijolos vermelhos e antigos, um imenso e bem cuidado jardim, a casa era impressionante, muito grande, o hall de entrada tinha várias flores e plantas, uma escada larga e extensa, por ela desceu a Helen para recebê-la.

_Demorou bastante, o que aconteceu?- dizia beijando o Wayne no rosto

_Furou um pneu, tive que trocá-lo.

_Chame a Teresa e peça a ela que leve a moça para o quarto dela, eu estou no escritório. – E disse para ele e voltou-se para Lia – Depois que você se instalar venha até o meu escritório para eu te mostrar o serviço.

_Obrigada você é muito gentil.- Lia sorria para aquela mulher que lhe estendia a mão num cumprimento.

Ela acena com a cabeça e vai para o seu escritório, a Teresa aparece, leva-a até o quarto de hóspede, sobem pela escada onde a Helen desceu e outra escada menor que leva até o quarto, quando entra vê o quarto grande, bem decorado, tinha tudo o que fosse precisar, até um banheiro só para ela.

_O seu quarto é aqui, se quer saber é melhor do que os quartos dos empregados da casa é o quarto de hóspede e quase nunca é usado.

_Obrigada.

_Disponha, não se demore, ela fica irritada em esperar.

_Eu vou logo, onde fica o escritório dela?

_É no fim do corredor ao lado esquerdo da escada.

_Obrigada por tudo.

Ela vai embora, coloca minhas coisas sobre a cama e troca de blusa, lava o rosto e as mãos, penteia o cabelo e vai ao encontro da Helen, a casa por dentro era bonita, olhava os quadros na parede por onde passava, chegou no escritório e bateu na porta, ouviu uma voz masculina dizer:

_Entra.

_Com licença.

_Entre e espere que a Helen logo vai chegar, foi atender a uma amiga no telefone. – ele estava sentado numa poltrona com o jornal nas mãos.

_Posso voltar depois...

_Não fique, pode escolher um livro se quiser.

_Posso?

_Claro, se você quiser.

_Tem tantos. – Olhava para a estante que ia do chão ao teto e pegava a parede toda. – Eu não sei por onde começar.

_Você está admirada por que não viu ainda a biblioteca.

_Tem biblioteca aqui?

_Tem sim, na primeira porta dupla do outro lado da escada. Se quiser também pode ir até lá e pegar um livro, se não encontrar nada aqui que a interessa.

_Acho muito difícil. – Dizia e olhava um a um dos livros, peguei um de poemas, o escritor era um tal de Lorde Byron, ela folheava as páginas, gostou e pegou-o, Wayne a observava.

_Gosta de poesias?

_Quando são boas eu gosto.

_Descobri outra qualidade em você. É romântica também.

_Eu acho que todas as mulheres são.

_Discordo, eu conheço várias que não são.

_Talvez a minoria...- Ia respondendo quando a porta abre e a Helen entra.

_Que bom que você já está aqui. Eu preciso que você escreva, ou melhor, passe a limpo essas paginas, com letras legíveis e grandes, eu quero muito capricho porque elas vão para o meu editor, você tem duas semanas para me devolver tudo. – ela chega até a escrivaninha e pega um bloco e canetas – Esse bloco não é para rascunho, é para as folhas do livro, elas depois vão para a editora e depois que forem devolvidas, são colocadas no grampeador e arquivadas aqui nessas pastas com nome do título do livro, entendeu?

_Entendi.- Diz pegando tudo - Onde eu posso escrever?

_Quer começar já?

_Claro, já estou aqui para isso, quero começar logo.

_Muito bem, gostei do seu jeito, pode usar essa mesa aqui, você não se importa Wayne? – diz ela para o marido

_Não, é claro que não.

_Então fique com ela.

Ela senta e começa a escrever, Helen estava na outra mesa e escrevia também.

_Faltava muito para acabar o seu livro? – Falou Wayne para ela

_Um pouco, eu estou sem inspiração para o

resto da trama, não sei que direção eu devo dar ao personagem principal.

_Qual a sua dúvida?

_Eu não sei se ele deve ficar com a mulher que o traiu ou com a secretária pobre, que está grávida dele.

_Que confusão você criou. – Dizia sorrindo Ela pensa com a caneta batendo na cabeça.

_O que você acha? – indagava ao marido

_Ele deve ficar com a mulher.

_Não sei não... – Olha para Lia e pergunta: - O que você acha Lia?

_Qual é o perfil da secretária? Ela é honesta? Ama ele de verdade ou quer o seu dinheiro?

_Ele a ama sim e, faz de tudo para que ele tenha tudo o que quer.

_Ele também a ama ou não?

_Não amava até a sua mulher o trair, ela o ajudou a superar as suas crises.

_Na minha opinião, ele devia ficar com a

secretária, não vai querer ficar com a esposa depois da traição, e além de tudo ela está grávida, ele tem que assumir o filho.

_Gostei do que você disse, eu acabo de ter uma boa ideia Obrigada Lia, está vendo Wayne, ela sabe o que diz.

Lia olha para ele que lhe sorri, "que sorriso, meu Deus" pensava ela voltando a escrever, ficou o resto da tarde.

_Pode descansar Lia, eu vou tomar banho, por hoje chega, depois que tomar o seu banho venha jantar conosco, ele é servido na sala às sete horas, todos os dias.

_Obrigada. Eu queria saber se eu poderia dar uma volta no jardim.

_Mas é claro que pode, você tem acesso livre por aqui.

_Com licença. – Disse olhando dela para ele

que lhe sorria, saiu e vou para o quarto, guardou suas roupas que estava na mala, tomou um banho, vestiu um vestido bonito e simples, foi até a sala de jantar, todos estavam à mesa, até as filhas deles.

_Lia eu gostaria de te apresentar minhas filhas, Josie, Diane, Susi que é a caçula.

_Prazer. – Dizem elas ao mesmo tempo cumprimentando

_O prazer é todo meu.

_O jantar já está servido, vamos sentar. – Falava Wayne que puxou a cadeira para a esposa e depois para ela

_Obrigada. –Responde sem jeito.

O jantar foi de muita conversa sobre o novo livro da Helen, Lia ouvia tudo calada, apenas observava todos, por duas vezes viu o Wayne a olhando, ela retribuía o olhar, com discrição, ele era tão bonito que era difícil não olhá-lo. Era um homem de quarenta e cinco anos, um par de olhos azuis que prendia qualquer pessoa que olhasse para ele, fartos cabelos castanho escuro, um físico bem cuidado, quando dava suas caminhadas, Lia descobriu que ele fazia caminhadas também, além de andar de bicicleta todos os dias pelo bairro, fazia musculação em sua sala de ginástica particular, que Lia começou a frequentar quando não estava sendo usada, ela e a Helen e sua amiga Suellen faziam ginástica juntas.

Lia e Helen se tornaram amigas confidentes, conheceu as outras amigas dela e seus problemas no casamento, todas tinham esse problema em comum, todas bem de vida, resolvidas na carreira, com filhos criados e cheias de dúvidas sobre si mesmas, elas conversavam e pedia sempre a opinião de Lia.

_Eu sou solteira. O que sei sobre casamentos? – dizia para elas que não se convenciam

_O que você sabe sobre os homens de hoje Lia, pode nos ajudar a entendê-los.

_Como assim?

_A Suellen quer dizer Lia que alguém como você, que está do lado de fora do casamento pode entender melhor a nossa situação.

_Eu não sei, não consigo ficar com homem algum. Por mais que eu tento só consigo atrair confusão para o meu lado.

_Eu não acredito nisso Lia.

_É verdade. Eu fui noiva uma vez, estava com tudo pronto para casar quando ele me pediu uma prova de amor.

Todas olharam para ela já sabendo o que significava.

_Uma prova de amor. – Diziam todas ao olhar para ela.

_É o que estão pensando sim.

_E você cedeu?

_Sim, e acabei ficando sozinha, com dividas.

_Eu não sei o que dizer Lia. – Comenta Helen –

Você é tão bonita, como pode ficar sozinha?

_Eu sou muito exigente, acho!

_É bom ser exigente.

Toda a sua historia, Lia contava para elas, contou como ficou noiva um pouco antes de sua mãe falecer, seu pai conhecia a família do rapaz e gostava dele, ficou super feliz, depois que ele conseguiu dela o que queria, desapareceu, nem a sua família soube dizer onde ele estava, a casa deles já estava montada, Lia teve que arcar com todas as despesas deixada por ele. A sua desilusão foi grande e o conhecimento dos homens também, pagou as dividas e deu os moveis para a mãe, começou a procurar outro emprego e conseguiu na agência "práticos e rápidos", foi muito bom para se recuperar, desde que ocorreu esse episódio não quis mais saber de outro homem na sua vida que não fosse seu pai. Trabalhava para dar uma boa vida para eles, quando sua mãe faleceu estava de volta da Espanha, dois meses depois voltou para a Europa para trabalhar, seu pai sempre lhe dava o apoio necessário.

CAPITULO II

Depois da ginástica, tomou um banho e foi dar um passeio pelo jardim, a noite estava tão agradável, era primavera, uma estação que sempre gostou por ser romântica, de clima ameno e bonita, andava como todos os dias depois do jantar, sempre sozinha, as flores exalavam um odor forte pelo lugar, sentou na grama, estava comendo uma maçã e observando a lua, que parecia que foi cortada ao meio.

_Então é aqui que você se esconde! – disse Wayne bem atrás dela sentando ao seu lado – posso ficar um pouco sentado aqui?

_Claro, a casa é sua e o jardim também. – Sorria para ele que lhe retribuía

_Estou ficando velho, - Disse ofegando – eu fazia esse mesmo percurso antes sem me cansar, agora estou me cansando mais. Você é que não se cansa. – Diz olhando para ela – esteve na academia, fez seu trabalho o dia todo, ajudou a Helen com os livros e ainda vai fazer suas caminhadas. – Falava e tirava as luvas, com a qual esteve pedalando.

_Confesso que esse trabalho não me cansa, pelo contrario me dá muito prazer.

_Gosta de escrever?

_Gosto muito.

_A Helen está super empolgada com você, ela disse que vai ter tempo para poder escrever mais. E eu como sempre vou fico no terceiro plano dela.

Não respondi porque não queria me intrometer no assunto deles, ela já sabia que eles estavam frios um com o outro,

mas não se achava a pessoa ideal para falar sobre o assunto.

_E você Lia! Deixou muitos namorados chorando por você ter vindo para cá?

_Só se for choro de alegria!

Ele dá uma gargalhada espontânea.

_Você é incrível sabia? Uma mulher bonita como você não devia ficar sozinha, devia estar casada e com filhos.

_Acho que é algo que tão cedo não vou ter.

_Que pessimismo é esse? Você é jovem ainda, logo vai encontrar um homem que vai se apaixonar por você e te levar embora nos deixando.

_A questão é essa, a paixão, hoje em dia os homens não se ligam às mulheres por amor, mas, por sexo.

_Nossa você é bem objetiva.

_É verdade, os homens esqueceram o que é o amor, o que é realmente amar uma mulher, como cortejá-la, ou como satisfazê-la.

_Estou sem palavras para te responder.

_Mas eu apenas disse o que sinto a respeito dos homens de hoje.

_Mesmo assim acho que você vai encontrar o seu príncipe encantado.

_Para sumir desse modo só pode ser encantado. – Ele ria do que Lia dizia – deve ter transformado em sapo ou na pior das hipóteses ter se transformado em mulher. – ele ria sem parar

_Você...é...bem espirituosa, faz tempo que eu não ria dessa forma tão gostosa, é tão bom rir, que eu tinha me esquecido.

_Você ri, mas é verdade, a situação é tão difícil que eu não penso mais nela.

_Pense no tipo de homem que você quer, e vê se o encontra.

_Ai é que está! Não existe, ou está quase extinto. O homem hoje em dia quase não quer casar.

_É o casamento é algo que deve ser bem pensado e dever ser para a vida toda. – Ele diz ao se levanta – Bom, eu preciso de um banho, - Olhava ao redor e colhe uma flor, se agacha e lhe entrega. – está flor é para você saber que pode ter homens que não se esqueceram que o mais importante na vida é o amor.

_Obrigada. – Agradece com um sorriso sem graça, ele vai embora deixando ela sozinha com os seus pensamentos.

_Boa noite Lia.

_Boa noite. – responde vendo-o desaparecer na escuridão do jardim, olhava para a flor que ele lhe deu e pensamentos que não deviam estar na sua cabeça, dominavam a sua mente e o seu coração que foi pego de assalto, levantou e foi dormir.

Wayne sentia algo estranho que há muito tempo não sentia, não conseguia entender o que se passava com ele, era algo que invadia o seu coração e sua mente, foi tomar seu banho imerso em pensamentos que nunca lhe ocorreu com ninguém que não fosse sua mulher, agora o pensamento estava voltado para uma mulher carente, linda e inteligente, espirituosa, romântica e que o estimulava em várias conversas, podia ficar por horas a fio falando com ela sem se cansar ou enjoar do assunto, seja ele qual fosse, deitou em sua cama e pegou um livro interessante que já estava na metade da leitura, viu sua esposa deitar-se ao seu lado com o pijama de sempre, que a deixava mais velha e feia, "ela não liga mais para nada".

_Você vai dormir com esse pijama nesse calor?

_Vou sim eu gosto muito dele, e de madrugada eu sinto frio.

_Você fica muito esquisita com ele.

_Eu não acho. Boa noite.

Deitou do seu lado e viu que ela já dormia, ficou pensando no que a Lia lhe disse sobre o amor e sobre romantismo, sentiu que gostaria de sentir tudo de novo, sentir a paixão invadindo o seu coração o desejo percorrendo seu corpo, apagou a luz do abajur e dormiu tirando todo o pensamento da sua mente.

No dia seguinte, depois do café da manhã, Lia foi direto para o escritório terminar de escrever as últimas folhas, pela janela via o Wayne entrando no seu carro, ia trabalhar, estava lindo de óculos escuro, ia para o seu escritório no centro da cidade, ao vê-lo seu coração disparou, viu a Helen beijando-o e ele saiu, "onde estou com a cabeça? Meu Deus".Pensava, volta sua atenção para os papéis à sua frente, as meninas já tinham saído para o colégio.

Depois de metade da manhã escrevendo disse a Helen:

_Pronto acabei. – Entregando-lhe o bloco.

_Não acredito! – Ela pega o bloco, olhando admirada – Meu Deus como você escreve rápido menina, vou lhe dar um bônus por isso. – ela olhava e analisava a letra – Gostei da sua letra é grande e firme, gostei mesmo, meus parabéns.

_Obrigada Helen.

_Se quiser pode dar uma volta na cidade.

_Eu acho que vou sim, queria comprar um casaco que eu vi numa loja e achei-o tão bonito e barato.

_Pode ir sim, eu acabo esse livro ainda hoje e você passa a limpo depois, vou ligar para o Eddi, meu editor e pedir que ele venha aqui buscar.

_Então eu vou indo.

_Até mais, divirta-se.

Lia foi para o quarto e trocou de roupa, chegou na cidade com um ônibus que passava por perto, andou por aquelas ruas de pessoas bonitas, ia de uma loja a outra, escolhia várias peças de roupas que eram bonitas e estavam em liquidação, comprou o, sobretudo que viu e algumas roupas íntimas, gostou até de uma linda camisola preta que quando vestiu gostou muito, "pena que nenhum homem vai vê-la, ou quem sabe eu encontre o meu príncipe aqui".Pensava sorrindo ao se olhar no espelho.

Saiu da loja e andava distraída.

Wayne estava caminhando pela rua quando vê do outro lado a Lia, atravessou e parou em frente a ela.

_Você por aqui?

_Olá. Vim comprar algumas coisas para mim, acabei de escrever e a Helen me deu o dia de folga por ter terminado.

_Que eficiente você é. Que tal almoçar comigo?

_Não sei se devo. – Disse sem graça com o convite.

_Não se preocupe que não tem nada de mais.

_Tudo bem então! – Concordou, afinal ia contar a Helen sobre o encontro.

Ele a levou a um restaurante aconchegante e elegante, a comida era ótima.

_Esse lugar é muito bom. – Lia dizia para ele – Você sempre vem aqui?

_Ás vezes, mas depois de muitos anos eu estou acompanhado, a Helen quase não tem tempo para nada.

_Por que você não a tira de casa e a leva para um lugar distante onde os dois podem ficar sozinhos.

_Isso para mim parece loucura. – Dizia tomando um gole de vinho.

_E é loucura mesmo, tenha um ímpeto de loucura e leve-a para longe de tudo, fique o dia todo com ela, se curtindo.

_Você quer dizer raptá-la

_Isso mesmo, tirá-la do trabalho, da rotina e, você vai ver como tudo vai melhorar para vocês dois.

Ele ficou observando-a por uns instantes e disse-lhe:

_Se acontecesse com você, ia gostar?

_Sim, principalmente se fosse com o 'príncipe encantado' que finalmente desencantou e tomou uma atitude. – Lia olhava para ele que ria do que ela dizia – Chega de rir, todos estão te olhando. – disse brincando

_Você é demais sabia?

_Acho que já ouvi isso de alguém.

Ele gostou do almoço, da conversa e muito mais da companhia, a hora passava sem que percebessem, até que Lia olhou no relógio e lhe disse:

_É melhor eu ir embora.

_Eu te levo, já estava indo para casa mesmo.

Entrou no carro dele e seguiram o caminho para casa, estavam perto quando ele lembra-se de algo e lhe diz:

_Será que você se importa de ficar aqui? Esqueci que tenho que passar no supermercado.

_Sem problemas.

Ele lhe abre a porta do carro e segue por outro caminho, Lia seguia o seu caminho a pé, saia que ele odiava ir a supermercados, sabia também que ele fez isso porque não queria ser visto chegando com ela, entendeu o recado e ficou experta quanto à aproximação que estava tendo com ele, podia criar uma situação, o que não ia ser muito bom para ninguém.

No dia seguinte contou a Helen o que aconteceu, ela não lhe disse nada, apenas ficou surpresa por ele não ter lhe contado nada.

_Foi tão sem importância que ele nem lembrou. – Ela tentava convencer-se.

_Lia eu queria te perguntar uma coisa bem pessoal.
_Pode dizer.
_Você acha que ele ainda me ama?
"Que pergunta meu Deus".Pensava Lia sem saber o quelhe responder.

tenho!

_É claro que ama. Tenho certeza absoluta.
_Porque você tem certeza absoluta? Nem eu

_Mas eu tenho sim, porque quando

conversamos, ele falava muito em você. – Lia sabia que estava mentindo para a amiga, queria apenas animá-la de alguma forma ou lhe dá alguma esperança.
_O que ele falava de mim?
_Muitas coisa.
_Por exemplo?
_Como você...é boa mãe...para as meninas, boa dona de casa e... mulher. –falava olhando de relance para ver a reação dela.

_Eu não sei como lhe dizer isso, mas eu não tenho relação afetiva com ele há muito tempo. Não sei porque, mas o caso é que ele não liga para isso, eu não tenho tido tempo depois que comecei a escrever, e tudo o tempo fio passando, eu sei que deixei o de lado para dar prioridade as meninas e depois aos meus livros.
_Será que não está na hora de vocês

sentarem e conversarem a respeito?

_Ele odeia esse papo de conversar sobre a relação.

_E o que você faz?

_Eu vou conversar com o padre John quesempre tem me auxiliado muito nesse assunto, mas como um homem ele não entende muito do assunto de mulher.

_Eu imagino que não.

Voltou sua atenção ao novo livro dela, começou a passar a limpo, a historia era um mistério misturava drama e romance, particularmente Lia não gostou muito da historia, lhe pareceu um pouco fora da realidade, não tinha direito algum a opinar, ficava com a opinião apenas para si mesma. Uma das meninas a chamou no seu quarto.

_Lia desculpe te incomodar, mas eu não sei a quem devo pedir ajuda, minha mãe não tem tempo, meu pai chega e vai fazer seus exercícios, minhas irmãs estão atoladas em trabalhos, então eu pensei em você.

_O que você queria que eu fizesse?

_Entra aqui, por favor. – Ela disse puxando-a para dentro.

Ela queria saber um pouco sobre a história do Brasil, e por coincidência era o País de Lia, ela nada conhecia sobre o País, e ninguém melhor do que ela para lhe explicar.

_Então é sobre o Brasil que você quer saber.

_É, eu não gosto muito de historia e o meu professor está pegando no meu pé por causa desse trabalho. Se eu não entregar na data certa vou levar uma nota bem vermelha, e a bronca dos meus pais.

_Eu te ajudo, pode ficar tranquila

_Então me diz qual o sistema de governo?

_Republica federal com duas câmaras legistativas.

_Principais cidades?

_Onde eu nasci é uma delas, São Paulo, Rio de Janeiro, Salvador, Recife, Belo Horizonte, Porto Alegre, Curitiba.

_Qual o nome da capital?

_Brasília.

_Quem governa.

_O presidente.

_Eu vejo pelo mapa aqui que é bem grande o seu País Lia.

_Ele é grande sim, tanto em demarcação demográfica, como no coração.

_Como assim?

_Ele acolhe pessoas do mundo inteiro, sem preconceito, não importa se é branco, negro, pobre, rico, a sua nacionalidade.

_Qual é o clima do seu País?

_Tropical. Lá é muito quente. Tem regiões que faz calor o ano inteiro e não tem frio, em outras até neve pode cair no inverno, mas bem pouco. O Brasil é uma terra de contrastes.

_ Por quem foi colonizado?

_Pelos portugueses. O Brasil é o único País com língua diferente da América Latina, tanto em cultura, como na maneira de ser do povo, até a terra é diferente, dizemos que é um "País abençoado por Deus".

_Em que ano foi descoberto?

_Em 1500.

_Quantos estados possuí?

_São ao todo vinte e seis estados.

_Bastante mesmo.

_Você não sabia nada do que me perguntou?

_Saber eu sabia algumas coisas mais eu esqueci, eu não gosto muito de historia.

_Eu adoro,

_Se não for abusar de você pode me dar uma força em álgebra?

_Eu não sei muito de álgebra, mas posso tentar.

Fico um bom tempo, aquela ajuda se tornou uma

amizade, Lia ajudava todos os dia, ou melhor, ela é que estava ensinando e ao mesmo tempo estudava, no final de semana mostrou as notas aos pais que gostaram do que viram.

_Que bom filha que conseguiu recuperar as notas. – falava a Helen beijando-a com carinho.

Procurou pelo pai na sala de ginástica e viu que ele não estava, achou-o na biblioteca mexendo nos livros, mostrou-lhe o boletim com satisfação, ele gostou da recuperação dela, que lhe contou sobre a ajuda que a Lia estava lhe dando.

À noite foi até o jardim, sabia onde costumava ficar sentada, era um lugar afastado das vistas das pessoas da casa, ele sabia que ela gostava de se isolar, viu que ela estava ali e sentou-se ao lado dela na grama e disse:

_Eu fiquei sabendo pela Susi que você ajudou-a com as matérias, eu fico grato a você pela atenção que tem dado a ela.

_Se você quer saber a verdade eu não a ensinei, ela é muito inteligente e só precisava reviver algumas matérias, alias eu nunca tinha visto aquele tipo de álgebra na minha vida, que coisa mais difícil de fazer. Ela foi me ensinando e acabou lembrando de tudo.

_Mesmo assim, ela me disse que você gosta e conhece muito sobre historia e geografia, matérias que ela não gosta.

_Mas foi muito bem no conceito final.

_Graças a você. – Ele falava com um tom de voz aveludada, olhando para ela, seus olhos se encontraram, ele chegou perto dela e segurou seu rosto com as mãos e depositou um beijo no seu rosto, levantou e saiu, Lia sentia o seu rosto arder, sentia o suave toque dos lábios dele no seu rosto. Passou a mão não acreditando no que ele tinha feito.

◆ ◆ ◆

Wayne sentia que seu coração ia saltar pela boca, não

soube bem explicar para si mesmo porque deu aquele beijo que afetou suas emoções, foi diretamente para seu quarto tentar dormir e não pensar no que aconteceu ou no que estava sentindo. Helen viu que o marido dormia profundamente, sentiu-se desolada, queria um pouco de atenção e não tivera, não sabia o que fazer para despertar o antigo desejo de seu marido por ela, ou o que fazer.

Depois que terminou em prazo recorde a entrega do livro, ganhou uma semana de folga, a Helen ainda estava no impasse do novo livro e, ainda não terminou a trama, estava com problemas para definir o destino final dos principais personagens. Ela se reunia uma vez por semana com suas amigas, para um chá com muita conversa feminina, que ao ver de Lia nunca resolvia nada, só sabiam falar dos problemas alheios e não tocavam nos próprios, por isso não sabiam como resolvê-los, trocavam fofocas, ideias para a melhoria do bairro e, outras coisas sem importância. Helen estava definitivamente longe de um romance à qual escrevia com tanto ímpeto de desejo, queria viver uma linda historia de amor, qualquer uma delas que escrevia, mas o seu casamento era tão monótono que às vezes queria jogar tudo por alto, queria que uma mudança radical viesse mudar sua vida tão igual, as filhas criadas, um marido bonito, honesto, trabalhador e, sem aquele desejo que antes fazia parte da vida deles, era resolvida na carreira, escritora de sucessos de vendas, tinha tudo o que queria, e se perguntava "o que estava faltando?', aquela semana seria apenas para terminar o novo livro e mandá-lo para a editora que a cobrava pelas demora".

Estava uma noite fria e garoava, Helen olhava seu marido sentado lendo um livro perto da lareira de tijolo vermelho que ele acendeu, resolveu sair e deixá-lo sozinho, andava pela casa, sentia um frio que vinha da janela que a Teresa deixou aberta, foi fechá-la, passou pela sala de ginástica e ficou observando a Lia, olhava atentamente para ela, não compreendia como sendo uma moça tão bonita e jovem não tivesse um namorado, ou muitos homens querendo estar com ela, olhava para o seu corpo bonito, não sentiu inveja, apenas queria estar no lugar dela e sentir o que sentiu quando tinha a sua idade, o fogo da paixão, não entendia por que queria aquele sentimento, tinha conquistado o homem mais cobiçado da faculdade.

CAPITULO III

Lia pensava que aquela semana ia ser monótona, pegou os seus CDs velhos e colocou-os na sala ginástica, fechou a porta para que o som não saísse, estava se exercitando há bastante tempo quando cansei e comecei apenas a dançar, fazia tempo que ela não dançava, isso estava no seu sangue, o seu avô era Argentino e um excelente dançarino de tango, a avó, uma espanhola dançarina de flamengo, dança que ela adorava muito, ficou ali um bom tempo.

Helen observava aquela mulher dançando sensualmente e várias ideias passou pela sua cabeça, foi embora para não ser vista, chegou em seu quarto e viu o Wayne deitado com o mesmo livro nas mãos, pareceu a ela que ele não terminava de ler nunca. Trocou de roupa enquanto o olhava.

_Wayne! – Chegou sentando ao seu lado na cama

_O que foi?

_Você não quer largar esse livro um pouco? – Sussurrava em seu ouvido

_Helen para começar você devia tirar esse seu pijama ridículo.

_Ridículo? Foi minha mãe que me deu.

_Você sabe que ela não tinha bom gosto para roupas.

_Não diga isso da mamãe.

_O que foi que eu disse de mais?

_Você magoou a memória da minha mãe.

_Oras Helen vá dormir vai!

_Vou mesmo e não me enche a paciência. – ela joga as cobertas sobre a cabeça e dorme, ele faz o mesmo.

Logo pela manhã foi até o escritório da Helen.

_Bom dia. – Vai entrando e percebe que algo não está bem.

_Bom dia, acordou cedo.

_Eu queria fazer alguma coisa, será que não há nada que eu possa fazer? Eu não aguento mais ficar sem fazer nada.

_Mas você está ajudando as meninas com as matérias, faz ginástica, o que mais quer fazer?

_Não sei...

Ela olha para Lia e lhe faz um sinal, vai até a porta e a fecha girando a chave, via que Lia estava intrigada com aquilo e explica, fazendo-a sentar-se perto da janela e diz:

_O Wayne já saiu, agora eu posso falar a sós com você.

_Pode falar eu estou ouvindo.

_Lia eu preciso de sua ajuda, não sei mais o que fazer quanto ao Wayne.

_Não estou te entendendo.

_O caso é que, eu queria conquistar o meu marido de novo e, não sei como, mas ontem eu tive uma ideia que pode trazê- lo de volta e você vai me ajudar.

_Como?

_Ontem quando fui fechar a janela da sala, eu vi você fazendo ginástica. Desculpe, eu não quis invadir a sua privacidade, mas, eu vi você dançando e isso me deu uma ideia

_E?

Ela chega perto dela segurando sua mão para dizer:

_Você me ensina a dançar daquele jeito que você estava

_Que jeito?

_Bem sensual, eu sei que algo assim pode das certo...ou como eu diria...um novo ânimo ano meu casamento.

Lia ouvia tudo atentamente, ficou um pouco desconcertada com a situação.

_Helen eu não sou uma dançarina profissional, eu

danço porque gosto e é só para mim, eu não saberia no que isso pode te ajudar.

_Por favor, Lia, diz que vai me ensinar a ser mais sensual, eu preciso da sua ajuda.

_Tudo bem, se isso vai lhe fazer bem.

_Vai eu garanto a você que se der certo eu serei a pessoa mais grata nesse mundo a você.

_Podemos estabelecer um horário que não te atrapalhe e nem a mim e, ainda não atrapalhe seu marido.

_Pode ser antes do jantar, uma hora dia já está bom, o que você acha?

_Se o horário é bom para todos, então está combinado.

_Então começamos hoje.

_Onde vamos fazer? Na sala de ginástica?

_Não, lá o Wayne usa todos os dias.

_Então tem que ser um lugar que não perturbamos ninguém e, o principal que não sejamos vistas por ninguém.

_Eu tenho um lugar excelente, - Diz pensando – venha comigo. – ela pega na mão de Lia levando-a para fora da casa, na parte de trás tinha uma escada de seis degraus que ficava embaixo da casa, tipo um porão, abriu a porta e acendeu a luz, o lugar era bem grande, abriu a pequena janela para dar passagem a circularão do ar, o que Lia via era um grande salão, tinha muita bagunça e teias de aranha por todos os lados.

_O local é ótimo, mas, está tão sujo e cheio de bagunça.

– Falou Helen.

_Posso limpar.

_Eu te ajudo. – Olha para Lia e diz: - Mãos a obra.

Limparam todo o local, o que Helen não queria mais era jogado fora, o que podia ser aproveitado era colocado num canto.

_Helen esta tomada funciona?

_Sim, tudo aqui funciona. Você pode colocar o rádio aqui nessa mesa, que tal?

_Ótima ideia

_Então... – Olha para o relógio admirada – meu Deus são 5:35.

_Que tal tocar de roupa? Enquanto eu coloco o rádio e o CD em posição

_Eu volto já.

Lia vai com ela buscar o rádio e os CDs, quando ela voltou usava roupa de ginástica.

_Está nervosa? – Perguntou

_Estou sim.- A resposta foi sincera.

_Fique calma e pense que tudo é apenas uma brincadeira, relaxe e deixe a música te levar, siga-me.

Lia colocou uma música suave para o aquecimento, os braços iam de um lado para o outro em movimentos circulares, Helen tentava segui-la e, aos poucos ia pegando o jeito. Sempre os mesmos movimentos para que ela praticasse, trocou a música para uma bem mais dançante, Helen tinha um corpo um pouco duro em relação ao movimentos, foi aos poucos pegando o jeito.

Estavam treinando, como ela dizia há duas semanas, estava com o corpo um pouco mais solto, Wayne nada dizia sobre as aulas, não interferia e nem ia assisti-la, deixava-a a vontade, sabia que estava se divertindo. Conforme ela soltava o corpo, Lia lhe ensinava os movimentos com mais sensualidade, movimentos delicados e suaves, os dedos passavam pelo rosto como se fossem folhas caindo lentamente de uma árvore no outono. A sensualidade do movimento do corpo que deslizava para o chão, as pernas sendo colocadas de forma ousada, sem pudor de frente a uma cadeira representando um homem.

_Joga o seu corpo com vontade. – Ensinava Lia para ela – Mas sem deixar de ser natural, faça tudo com a maior naturalidade possível, como se os movimentos fizessem parte de você.

Ela obedecia da forma que conseguia, Lia sabia que faltava muito para que essa naturalidade fizesse parte dela mas, via o seu esforço e dedicação para aprender.

Wayne estava mais distante de Lia do que antes, não conversavam mais como nas primeiras semanas, os livros eram um motivo para os dois conversarem, agora pareciam dois estranhos na casa, ele fugia sempre da presença dela, não ficavam sozinhos, ele sentia medo de seus próprios sentimentos. Lia ainda sentia o perfume e a quentura do beijo que ele havia lhe dado no rosto, mesmo não querendo apaixonou-se perdidamente por Wayne, sabia que não havia a menor chance dele sentir algo por ela, seu isolamento provava isso.

Deixou-se ficar naquela dança onde a Helen estava se concentrando o máximo.

_Eu acho que você está bem melhor do que antes.

_Lia você acha que eu tenho alguma chance? Ainda sinto um pouco de vergonha em querer fazer essas coisas na frente do Wayne.

_Se você ficar com vergonha não vai conseguir nada. Deixe-a de lado e concentre-se no que você quer.

_Eu quero que você me ajude um pouco mais a dar aqueles passos com as pernas. – Ela fez e quase caiu, nós duas riamos – Viu como eu não estou conseguindo?

_Mas ele é muito fácil. Eu lhe disse concentre-se e olhe para frente. Sente com as pernas cruzadas e com suavidade vai abrindo-as, levante-se e caminhe com naturalidade de cabeça erguida.- Lia falava e mostrava.

Helen quis por em prática o que aprendeu, fez exatamente o que Lia lhe disse, tomou um banho, se perfumou, Wayne estava como de costume lendo sentado na cama, vestiu seu habitual pijama e fez exatamente como fazia nas aulas. Ele quando a viu, teve que se conter muito para não cair na risada, Helen queria agradar mais estava totalmente ridícula com aquele pijama. Ele não podia decepcioná-la, deixou que ela fizesse o que queria. Ela foi chegando-se até ele e lhe tirou o livro das mãos, "ai tem coisa da Lia".Pensava quando chega perto dele, tinha que admitir que Helen se esforçava muito para conseguir chamar-lhe a atenção. Deixou-se levar.

_Você não quer deixar esse livro e prestar atenção em mim um pouco.

_Como você quiser.

Fazer amor com ela não era mais o que era antes, ela podia até querer mudar a estratégia que o conteúdo ia ser o mesmo, até que ele esperou um pouco mais da performance dela, o que estragava era aquele terrível pijama que ela usava, não lhe dava tesão nenhum.

Aos sábados ela se reunia com suas amigas, para o habitual chá de fofocas, contou a elas a sua performance e o que conseguiu. Lia ouvia tudo atentamente sem comentar o caso, não queria fazer parte da vida intima de Helen, no domingo de manhã iam a igreja, Helen fazia questão de que todos fossem, Wayne às vezes conseguia escapar alegando sempre alguma desculpa, mas na maioria dos domingos iam a igreja, os dois com as filhas, ela não falava a Lia e nem impunha essa condição a ela, que ficava solitária em casa, como sempre havia sido. Ocupava seu tempo livre para escrever ao pai ou dançar, o que sempre fazia. Helen estava contente com as aulas de dança, fazíamos todos os dias, o estúdio, como ficou conhecido o local onde eram realizadas as aulas, começou a ficar mais requisitado pelas amigas dela. A primeira foi a Suellen, que começou a fazer parte da equipe.

Era domingo e todos tinham saído, fui para o estúdio, coloquei uma música suave e bem romântica, deixou-se levar por movimentos sensuais e precisos, colocou uma cadeira a sua frente e fingia que era o Wayne que ali estava sentado e dançava para ele.

Ficou horas naquela loucura de sentimentos conturbados, que invadiam o seu coração, o único jeito era colocando para fora o que sentia através da dança, queria arrancar o amor que tomava conta, tirar o desejo proibido que queimava seu corpo pedindo por ele.

Sem saber, ao voltar da igreja com a mulher, trocou de roupa e foi pegar sua bicicleta, Wayne não sabia onde Lia estava, caminhando pelo jardim ouviu uma música vinda do antigo porão, ainda não tinha ido ver as aulas de dança da Helen, dirigiu-se para lá, viu luzes acesas, agachou até a pequena janela que tinha e para sua surpresa viu a Lia, estava de saia e uma blusa que caia conforme seus movimentos, deixando a mostra seus seios, mexia-se sensualmente de um lado para outro, ele continuou a contemplá-la, sentiu um fogo percorrendo por seu corpo todo, algo naquela mulher que fazia o seu sangue ferver e nenhuma outra o deixava daquele jeito. "meu Deus, o que faço aqui".Saiu dali com medo dos próprios sentimentos, entrou no banheiro de seu quarto, trancou a porta, olhou-se no espelho e viu seu rosto todo suado e vermelho, como se estivesse se exercitando, ou fazendo algum esforço físico, "tenho que tirar essa mulher da minha cabeça".Pensava, ficou ali até se acalmar, os laços do matrimonio para ele era sagrado assim como para sua mulher, foram criados dessa forma, mas como ele ia conter esse desejo que crescia a cada vez que a via.

_Essa mulher está me deixando maluco.– Falou consigo mesmo em tom alto que Helen que estava do lado de fora ouviu algo como um resmungo".

_Você disse algo, Wayne?

_Não, apenas tossia.

Lavou o rosto para afastar qualquer vestígio que por acaso tenha ficado, queria afastar tudo o que sentia.

Helen queria pegar pesado para conseguir

conquistar o seu marido, resolveu seguir as dicas da Lia e comprou algumas camisolas sensuais, agora no estúdio, aprendia como se soltar.

_Você quer conquistá-lo, não quer?

_Sim, eu quero.

_Então seja natural, aja delicadamente, lentamente, deixe-o olhar para você, faça movimentos suaves, não bruscos, para que ele possa apreciar seu corpo.

_Você acha que isso vai funcionar?

_Não funcionou outro dia?

_Mais ou menos...

_Mas desta vez, eu garanto que você está indo para o caminho certo. – dizia Lia – Agora vista o vestido que você trouxe e calce as meias.

Helen obedecia.

_Vai lentamente deslizando pelo chão sensualmente e calmamente.

Ela seguia as instruções de Lia, estava até se saindo bem.

_Acho que agora você já pode aplicar a nova 'tática' de sedução.

_Você acha?

_Acho!

_Eu não sei se estou preparada...

_Você só vai saber se fizer.

_Então vai ser esta noite. – ela demonstrou felicidade com a confiança adquirida.

Lia pensava que devia estar feliz pela amiga, gostava dela e queria ajudá-la com o seu problema, o pior era conviver com aquele amor que lhe tomou de assalto o seu coração não lhe dando chance de escolha.

_Até amanhã Lia, eu quero me preparar psicologicamente.

_Vai fundo. Até amanhã amiga.

Helen vai embora a deixando com os seus pensamentos, senta na cadeira, "o que estou fazendo? Ela vai conquistá-lo, eu sei".As lágrimas desciam pelo seu rosto, levanta-se num impulso e diz para si mesma.

_O que estou dizendo, ele é marido dela. Meu Deus o que estou pensando não é certo. Esse amor não é certo, eu vou tirá- lo do meu coração e pensamento à força se preciso for.

Apaga a luz saindo do estúdio, a noite estava um pouco quente, soprava um vento de verão, o céu estava estrelado e bonito, estava dando a volta na casa quando vê o Wayne guardando a sua bicicleta, espera-o ir embora, depois que ele entrou fez o mesmo foi direto para o seu quarto. Tomou um banho, vestiu a camisola que tinha comprado dias atrás e deitou, tentava em vão dormir, virava de um lado para outro sem conseguir pregar os olhos, levantou e foi até a janela, abriu-a, deixou que a brisa entrasse tomando conta de seu quarto, aquele ar suave envolvia seu corpo sensualmente, a lua estava agora em sua plenitude, linda e majestosa, clareando todo o seu quarto, podia ver o jardim e as flores, que exalavam o seu perfume maravilhoso.

_ Está uma noite perfeita para amar. – dizia a si mesma debruçada na janela. – Quando vai chegar a minha vez de ser feliz? Quando? – Perguntava para a lua, sem obviamente não obter resposta alguma.

Seu coração clamava por conhecer o amor correspondido. Sentir os braços de um homem envolvendo-a, com uma vontade enorme de beber água, desceu e foi para a cozinha sabia que ninguém andava pela casa, ao abrir a porta, sentia o silencio que imperava, depois que tomou sua água, voltou para o quarto, deitou, deixando a janela aberta, conseguindo conciliar o sono.

Na manhã seguinte, Lia estava sentava sentada com as meninas tomando o café da manhã, conversavam coisas banais.

_O professor Artur não foi ontem e teve o maio

rebuliço na escola por falta de outro para ocupar o lugar dele.

_Porque... – Estava dizendo Lia quando a Helen senta

_Bom dia para todas. – estava feliz e sorria

Lia sabia que o esforço dela deu certo, aquela alegria e felicidade parecia que atingiu em cheio ela, como se fosse um punhal cravado no peito.

Wayne senta para o seu café, ele não estava tão contente e feliz como a Helen, tomou seu café calado, levantou, beijou todas na mesa, a última foi a Susi que estava ao lado de Lia, olhou para ela com olhar que parecia de reprovação, nada lhe disse, e foi embora. Lia não soube explicar para si mesma o que aquele olhar queria dizer, estava imersa em pensamentos quando ouviu a Helen dizer para ela:

_Lia eu queria falar com você em particular.

_Se quiser podemos ir agora.

_Então vamos. Boa aula meninas. – Falou beijando-as Lia acompanhou Helen até o escritório, assim que entraram ela foi logo trancando a porta, pegou a mão de Lia e a levou para o sofá, toda feliz.

_Deu certo Lia, deu certo.

_O que deu certo? – Perguntou sabendo a resposta.

_Já que você é minha amiga eu posso lhe contar.- estávamos sentadas na poltrona de dois lugares perto da janela – Depois de não sei quanto tempo faz, - Ia dizendo ela com gestos com as mãos – ontem nós fizemos amor, ele foi até que bem carinhoso. Foi maravilhoso Lia, ele gostou da dança, da camisola, de tudo praticamente. – Ela falava abraçando Lia e beijando-a no rosto – Você salvou o meu casamento Lia, eu nunca fui tão feliz como ontem, é claro que depois ele virou as costas e dormiu, mas, eu consegui que ele me olhasse de novo.

_Eu fico feliz Helen. – Mentia

_Eu devo tudo a você amiga.

_Se quiser continuar com as aulas, eu vou estar lá no estúdio no mesmo horário de sempre.

_Ah, mais é claro que eu quero, eu gostei. Agora tenho mais confiança em mim mesma, e no que eu posso conseguir.-

Ela se levanta – Bom agora me deixa terminar o livro.

Lia sentou na cadeira de sua mesa de costas para Helen, para que ela não visse as lágrimas que começavam a cair, sem que ela pudesse impedir, enxugava não permitindo, não tinha o direito algum de chorar, sentia novamente a ausência de um amor perdido, "parece que a mim está fadado à espera por um amor que nunca chega".Pensava. O caminho que amor a levava era estranho e desconhecido, não compreendia, pensava que podia mandar no seu coração e descobriu não, era simplesmente ao contrário. Queria se livrar daquele coração que lhe parecia ser tão ingrato, pois se apaixonou por alguém que não podia ser seu, fugia dele, fugia do amor que sentia, olha para o papel e vê uma lágrima derramada por alguém que não lhe pertencia. Era livre para amar e desejar quem quisesse e, no entanto o seu coração estava ocupado com aquela fantasia. "Mas eu a quero. Essa fantasia me faz sentir viva, sento muito mulher".Pensava, olhou pela janela e seus pensamentos voavam para alguém, "aquele seu corpo viril e másculo, sinto o desejo crescendo dentro de mim, seu corpo atraindo o meu, só em vê-lo por perto, eu me arrepio toda".Querer e poder eram duas coisas que estavam distantes para ela, o homem do seu desejo estava no pedestal de outra, longe do seu alcance.

CAPITULO IV

A semana transcorria normal para todos na casa, Lia falou com o pai por telefone.

_Eu recebi sua carta. – Dizia seu pai

_Que bom! A outra não chegou mesmo?

_Não. Deve ter se extraviado.

_O senhor está com a voz estranha, o que tem?

_Estou com um pouco de gripe, está bem frio aqui.

_Toma mais cuidado com essa gripe. Vai até o médico e qualquer coisa me liga ou me escreve que eu mando o dinheiro para o senhor.

_Não precisa filha, você já me mandou o suficiente para o mês todo.

_Mesmo assim eu quero que o senhor se cuida. Não fica tomando friagem.

_Pode deixar que eu vou comprar os remédios. Eu estou sabendo que você está bem não vou estender a conversa para não ficar caro para você.

_Tudo bem pai, o pessoal aqui é muito bom.

_Mas não vamos abusar, não é? Eu gostei que você me ligou.

_Concordo com o senhor. Sempre que puder eu ligo.

_Então até mais filha.

_Benção pai.

_Deus te abençoe filha. – Disse desligando

Lia coloca o telefone no gancho e começa a sentir que as lágrimas vão começar a sair, sentia muito a saudade do pai, que sempre foi o seu companheiro. Enxugava as lágrimas quando uma das filhas da Helen veio para perto dela e lhe disse:

_Aconteceu alguma coisa Lia?

_Não Diane. Eu falava com meu pai e, bateu uma saudade dele. Só isso.

_É porque fica em casa direto. Eu e as meninas vamos assistir ao novo filme que está em cartaz no cinema. Que tal se você for conosco?

_Eu vou adorar. E quem é o ator?

_É aquele bonitão... – Contava a ela quem era e como era o filme.

A Helen se reuniu com as amigas para o chá da fofocas, todos os sábados eram iguais para ela, Lia achava um tédio total odiava fofoca, antes de ir para o cinema viu o Wayne na sala de ginástica fazendo os seus habituais exercícios ouvindo música, passamos para as meninas dá um adeus para ele, Lia ficou de longe, despediram-se da Helen e foram embora.

As quatro garotas se divertiam com o filme, falavam do ator com entusiasmo, Lia era três anos mais velha do que Diane que era a filha mais velha da Helen.

_Podemos fazer isso mais vezes, que tal Lia? Gostou?

_Se eu gostei? Eu adorei.

_Então podemos sair mais vezes.

_Eu não sei não...

_O que foi Josie?

_Eu marquei de sair com o Bob e ele não veio.

_Mais uma prova de que ele não está tão afim de você.

– Alfinetou Susi sempre tão objetiva.

_Cala a boca menina, você não sabe de nada. Ele está 'caidão na minha', se quer saber.

_Deixa o pai ou a mãe ouvir você falar gíria.

_Se você contar vai se ver comigo. – Dizia mostrando os punhos para a irmã.

_Calma meninas não vamos brigar. Tudo bem que você gosta dele, mas vai com calma.

_Eu sei o que estou fazendo. Não vou ficar parada

como uma tola esperando por ele a vida toda, eu vou a luta.

Lia ouvia a determinação que ela tinha em conquistar a pessoa que amava, o contrário da mãe dela. Helen estava mudando, e provou isso, estava tão contente com a sua performance que contou para as amigas na reunião, todas ficaram empolgadas com a nova noticia, que quiseram tomar aulas também.

Logo pela manhã Helen levou Lia para contar-lhe a novidade.

_Sente-se Lia ou você vai cair de susto.

_O que foi de tão urgente assim, que aconteceu?

_Eu contei às meninas o que estamos fazendo.

_Helen ficou doida?

_Elas querem também.

_Mas Helen você sabe que eu não sou profissional, apenas estou lhe dando uma ajuda.

_Eu sei, e sei também que se está dando certo para mim vai dar certo para elas também.

Lia ouvia com certa preocupação o que ela lhe dizia.

_Vai Lia, é apenas uma ajuda também. Todas estão com problemas no seu casamento, e querem salvá-lo.

_Mas e se não der certo?

_Que é isto. Não deu certo comigo?

_Eu...acho...que sim...

_Eu sei que ainda é cedo para dizer isso. Mas acontece que o Wayne também vai ter que mudar, eu detesto vê-lo na cama com um livro na mão. Ele nem liga para mim quando está lendo.

_Por que não diz isso a ele?

_Não daria certo. O que estamos fazendo sim, eu estou muito mais confiante do que antes.

_Eu sinto isso. Você parece que está gostando do que está fazendo.

_Seduzir um homem é muito bom.

_Melhor quando se ama.

_Eu concordo. E então? O que me diz?

_Tudo bem Helen, eu não sei onde isso vai dar, mas, se você e elas querem eu topo.

_Obrigada Lia, eu não vou sobrecarregar você com muito trabalho, pode confiar, terá um pagamento extra por isto.

_Não é necessário.

_É sim, a Diane me contou que o seu pai está doente.

_É apenas uma gripe...

_Eu sei que ele tem bronquite, e tem que tomar remédios que não custam barato.

_Você venceu Helen, se todas concordarem...

_Elas vão concordar, eu já falei com todas e deixei isso bem claro.

No mesmo dia, Helen levou para o estúdio um espelho grande, podíamos nos se ver por inteira, Lia ensinava olhares viu uma revista que lhe serviu de inspiração, a aula foi mais animada do que a habitual, as mulheres gostavam e se soltavam.

_Talvez vocês ficam desinibidas aqui, eu quero ver quando estiver a sós.

_Vai ser mais fácil Lia. – Dizia uma delas

_Se vocês acham...

_Eu não tenho tanta certeza. – Diz a Suellen

_Por que não?

_Aqui nós podemos fazer o que quisermos, que se alguém rir, ninguém liga, estamos todas na mesma situação. Agora já pensou se nós chegarmos e ficarmos assim. – disse encostando-se à parede fazendo caras e bocas.

Todas riam da atuação dela.

_Muito bom. – Dizia Lia – Se você chegar na parede de seu quarto e fizer exatamente isso ele vai reparar em você, principalmente se estiver perfumada e com uma linda camisola

◆ ◆ ◆

Apenas não exagera no jeito da boca e olhares, faça com mais naturalidade. Vocês vão se dar muito bem.

Ela ficaram muito animadas, a renda extra que estava entrando no orçamento de Lia era bem vinda, podia agora gastar uma parte para se mesma, estava exausta por causa daquele dia, foi muito puxado, não caminhava mais pelo jardim com tanta frequência de antes. Dormia logo que encostava a cabeça no travesseiro, o corpo pedia descanso, mas continuava com as aulas, passava a limpo o livro da Helen e ajudava as meninas com as matérias. Seu tempo estava escasso.

Wayne estava muito distante e isolado de todas, via que todas as mulheres que tinha na casa estavam sempre fazendo algo novo, não via a Lia como antes, sempre a procurava pelo jardim e não encontrava, não ia até o estúdio para não se sentir deslocado no meio das mulheres.

Deixava que Helen tomasse as aulas com as amigas, sem que interferissem no seu trabalho. Sabia que a Lia estava sendo bem solicitada por todos da sua casa, até ele queria tê-la por perto, sentia um formigamento pelo corpo, toda a vez que pensava na dança que ela estivera fazendo. Sua mulher queria impressioná-lo, ele não podia fazer nada, não queria magoá-la impedindo as aulas, não via nada de mais, apenas via que a Lia estava cansada de tudo, sua fisionomia era muito diferente de quando chegou. A alegria era algo espontâneo nela, agora quase não há via sorrir, não participava quase do jantar, ela ia dormir direto. Chegou até a Helen que estava vestindo uma linda camisola verde, e lhe disse:

_Helen por que a Lia não jantou conosco?

_Não sei Wayne.

_Ela não tem mais descanso desde que você começou com as aulas de dança.

_O que você quer dizer com isso? Que eu sou culpada?

_Talvez. Ela me pareceu cansada. Dê um pouco mais de descanso a ela. Eu não vejo necessidade de ter aulas todos os dias.

Helen fica pensando no que ele lhe dizia.

_Acho que você tem razão. Eu tenho reparado que nas aulas ela não tem feito nada de novo, e fica sentada apenas olhando.

_Está vendo? É um típico sinal de cansaço.

_Certo, eu vou lhe dá um descanso.

No dia seguinte no café da manhã Helen falava a Lia que podia descansar e sair se quisesse.

_Sair para onde? – Dizia ela

_Lia que tal sair conosco? – Articula Susi

_Ela devia sair para namorar, isso sim.

Lia ria, namorar quem? Não conhecia nenhum rapaz. As meninas sempre tentavam tirá-la de casa, agora tinham uma chance.

_Eu posso lhe apresentar alguém, que eu gosto muito.

_Quem pode ser? – falava debochadamente Diane

_O Phillipe, ele é bonito, solteiro, inteligente, gosta de ler como a Lia gosta.

entediante?

_Você ficou doida? Aquele seu professor de historia

_Ele não é não. – Reclamava a Susi

_Eu acho boa ideia – interferiu Helen – Vai ser muito

bom para você Lia.

_Eu vou falar com ele.

_Será que ele vai querer sair comigo?

_É claro que sim eu garanto.

Wayne ouvia tudo calado, com cara de poucos amigos.

Há noite, as meninas ajudavam Lia a se aprontar

para o seu encontro com o Phillipe, pontualmente ele chegou, exatamente na hora marcada, Teresa foi atendê-lo com a Susi ao seu lado.

_Boa noite professor.

_Boa noite Susi.

_Pode entrar que a Lia já está terminando de se aprontar. – Enquanto ela dizia no topo da escada estava Lia, Susi percebeu que ele olhava algo e seguiu o seu olhar – Olha ela ai.

Phillipe ficou encarando Lia de uma forma estranha para Susi, não percebia que ele gostou dela logo que a viu, seguia-a com o olhar até que ela chegou perto dele na porta.

_Olá! Eu sou Lia, tenho um imenso prazer em te conhecer. – Dizia lhe estendendo a mão, ele era tão alto quanto o Wayne, realmente era bonito, olhos azuis, cabelos castanhos, estava muito bem vestido, tinha um porte atlético para um professor.

_Muito...o...prazer é...meu.- Gaguejava sem saber como colocar as palavras certas.

_Bom não precisam voltar cedo. – Dizia Susi toda empolgada com a nossa saída.

Ele a levou para um restaurante onde ele tentava se soltar, Lia o deixava a vontade, aos poucos ele foi se soltando e conversava com mais naturalidade. Lia descobriu que ele adorava historia, era fanático pelo trabalho, quando não dava aulas estava na biblioteca estudando, sempre tinha um livro na mão, no carro, Lia pode ver três deles. Depois do jantar ele a levou de volta para casa, parou em frente, saiu e abriu a porta para ela.

_Obrigada Phillipe.

_Eu gostei muito da nossa noite.

_Eu também.

_Se você quiser sair novamente comigo...eu posso...Ligar?

_É claro que pode. Você sabe onde me encontrar.

Ela lhe deu a mão que ele pegou para beijar. Saíram mais duas outras vezes, Lia gostava de conversar com ele, falavam sempre sobre historia, poucas vezes a conversa girava em torno deles mesmos. Lia não sentia muita entusiasmo por ele, decidiu não procurar mais por ele, mesmo que Susi não saísse do seu pé. Às vezes ele ligava no celular dela para convidá-la para alguma palestra que fosse ministrar. Lia sempre conseguia escapar desses convites.

Wayne estava sentindo um sentimento que há muito tempo não sentia, não gostou nem um pouco de ver sua filha servindo de cúpido para o romance de Lia, e muito menos de convidá-lo para vim em sua casa. Naquela noite que Lia saiu, Helen vestiu uma de suas novas camisolas, essa era vermelha, não se sentia muito bem nela, escorregava do ombro, era fria, não gostava, mas teria que fazer o combinado parou na porta do banheiro e olhou para Wayne que estava com o livro nas mãos, começou uma dança como se fosse um animal que fazia um ritual de acasalamento. Ele olhava para ela, aceitou a primeira vez por que viu a Lia, e imaginou ser ela ali, no lugar de sua esposa. Todos os dias eram iguais, sempre aquela dança. Ele olhou para ela parada na porta se esfregando e olhando para ele.

_O que foi Helen?

Ela ficou desconcertada com a pergunta.

_Como assim? O que foi?

_Porque está ai parada?

Ela sorriu para ele e foi chegando mais perto dele, tirou- lhe o livro das mãos jogando-o no chão, puxou o lençol descobrindo ele, que a tomou com uma certa selvageria animal. Sentia que tudo estava fora do controle e não queria mais ela tendo aulas de dança. Estava cansado e queria descansar, ela não respeitava mais a sua privacidade e individualidade. Mesmo quando não queria não era sinal de que não gostava mais dela ou que não a quisesse mais. Ele teve fantasias com a Lia, mas era só, não sabia porque andava nervoso, brigou com a Helen por causa disso. Estava cheio de tudo, de ficar sozinho, de estar sempre a disposição de sua mulher, não era isso o que queria, o seu instinto masculino lhe pedia algo mais empolgante.

Quando terminou o livro, Helen quis colocar o resto em ordem, tinha vários esboços e estava em ordem errada, tirava tudo do lugar e espalhava pelo chão, quando Lia entra fica surpresa.

_Helen o que está fazendo?

_Eu estou colocando os esboços em ordem, porque quero que você a limpo todos eles, vou mandar para o meu editor logo que você terminar e ver o que ele acha deles. Eu quero no mínimo uns vinte dias de férias, por favor me ajude aqui.

Lia pega todos os esboços e coloca na mesa, ela colocava na ordem, Lia via que ia ter bastante trabalho pela frente.

_Helen o que está acontecendo com você? Não foi tomar o seu café, o Wayne também não.- Lia lhe pergunta vendo há um pouco nervosa, ela para o que estava fazendo e olha para ela.

_Eu não sei Lia, sinceramente não sei.

_O que você não sabe?

_Eu fiz tudo direito, tudo o que você me pediu, deu certo a primeira vez, depois ele não quis mais que eu dançasse para ele. Wayne está tão diferente, eu não o reconheço às vezes.

_Você pode tentar outras coisas... Ela interrompe-a bruscamente.

_Como o que por exemplo?

_Hoje á noite eu lhe mostro.

Lia viu que a expressão dela mudou.

_Você o ama, não é?

_O que é amor para você Lia?

_Oras, o que pode ser senão o melhor sentimento que existe no mundo. Sem ele o que nos resta? Senão o ódio e descaso.

_Acontece que ele é o pai das minhas filha, já

vivemos juntos mais de vinte anos, o que não é pouco.

_Você está querendo me dizer que se acostumou a ele? Ou a vida com ele?

_Não é bem isso, o caso é que para mim e para ele também, o casamento é para toda a vida, então, temos eu viver bem em todos os sentidos o resto de nossas vidas. Se bem que ultimamente eu tenho sentido falta de muita coisa.

_Eu sei o que você quer dizer. – Lia dizia pensativa.

_E você Lia. Por que não saiu mais com o Phillipe?

_Ele anda muito ocupado, está sempre estudando para uma nova aula, uma palestra ou algo do gênero. Não sobra muito tempo para mim.

_Por que você ano o pega de surpresa e foge com ele para algum lugar bem tranquilo?

_O que você está dizendo?

_Você sabe, deu esse mesmo conselho para o Wayne. Ele me contou.

_E por que não cumpriu?

_Ele está no meio de um processo que por enquanto não pode deixar de lado. Mas vou incentivá-lo.

A tarde toda, Lia trabalhou nos esboços, no final da tarde foi até a cidade, encontrou uma loja bem interessante, com muitas coisas que se podia usar em jogos eróticos e sedução, comprou e saiu da loja bem rapidamente. Quando chegou viu que todas as mulheres esperavam por ela.

_Lia que demora, onde você foi? – Perguntou Helen

_Calma que eu logo vou mostrar para todas. Vamos começar hoje com algo mais insinuante e mais provocante.

_O que você vai fazer?

_Eu não, vocês é que vão fazer.

Todas ficaram curiosas, Lia colocou a música e começou a dançar, elas olhavam, depois começaram a imitá-la, todos os gestos eram copiados, mãos, dedos, pés, corpo, tudo era trabalhado com calma, deixando tudo o mais natural possível. Lia parou o que estava fazendo para vê-las.

_Vamos lá, com mais empenho e emoção, mais graça com as mãos, mais leveza com os gestos. – Dizia

Depois de quase uma hora de dança, todas estavam cansadas, Lia disse para finalizar a aula.

_Está bom por hoje.

_Que bom, senão eu não ia aguentar nem dançar para o meu marido.

_Mas antes de irem embora eu tenho uma surpresa para vocês...- Foi atrás do biombo e colocou a roupa que comprou, estava demorando – Esperem meninas, que logo vocês vão se deparar com isso. – Sai do biombo, para a surpresa geral. Estava de corpete preto, meias finas com cinta liga, salto alto combinando, pega a máscara e coloca no rosto, um chicote vinha para completar, todas estavam extasiadas com a novidade. Foram unânimes no que disseram.

_Uau! O que é isso? – Pergunta uma delas com curiosidade.

_Meu Deus eu mato meu marido se colocar isso. – ria a Suellen

_Será que eu posso usar isso também?

_Bom eu acho que quem vai dizer é a Helen, eu comprei para ela usar hoje.

_Então Helen se der certo e o Wayne não morrer de um ataque do coração, eu quero usar também.

_Lia, você se superou agora, - Dizia a Helen com a mão na boca, não acreditando no que via e ouvia – eu jamais imaginei que fosse usar algo assim.

_Vai fundo! – Disse Lia

Lia tirou a roupa entregando a Helen, que levou indo embora com as outras, ficou um pouco mais de tempo sozinha, fechou tudo e foi para o seu quarto, tomou o seu banho, vestiu a camisola, sentia um pouco de frio, fechou a janela, virava-se na cama de um lado para o outro sem conseguir conciliar o sono, pensava em tantas coisas e, principalmente no que estaria acontecendo no quarto de Helen. Resolveu descer e tomar um copo de leite para dormir.

CAPITULO V

Wayne que há muito tempo estava com os sentimentos perturbados por uma mulher que insistia em invadir o seu pensamento e os seus sonhos, 'eu te odeio por tudo o que está me fazendo sentir."Pensava, deitou mais cedo que o habitual, não queria nada com a Helen e sua dança aquela noite, ouviu que ela entrava no quarto e foi para o banho, logo em seguida o chama. Deitou frustrada por ele está dormindo, pegou no sono logo porque estava cansada das danças e do trabalho. Ele ficou olhando para o teto, pensava nas muitas noites que não conseguia dormir por ficar pensando nela, sonhava com ela e às vezes acordava suado, o desejo louco e apaixonado que sentia por ela era cada vez mais forte, escondia aquele sentimento todo e, isto estava lhe causando um mal tremendo, malhava mais do que antes, percorria maiores distância de bicicleta, só para não pensar nela, queria dormir cedo. Sentia um estranho calor, levantou-se e foi para a cozinha beber um copo com água quando descia a escada descalço ouviu barulho continuou pensando ser uma das meninas, estava pronto para brigar com ela quando vê a Lia, a luz que saia da geladeira deixava ver a sensual camisola que ela vestia, ela se". Assustou quando o viu.

_Calma eu só vim beber água. Não conseguia dormir.

_É, eu também não.

_Como consegue Lia, fazer tantas coisas? – Dizia passando por ela, tentava ser o mais natural possível.

_Eu confesso que estou tão cansada que não consigo dormir.

_A Helen devia te dar mais descanso.

_É, pode ser muito bom. – Ela deixou o copo sobre a pia, não reparou que a luz que vinha da geladeira revelava o seu corpo que agora Wayne olhava – Bem, eu vou deitar.

Antes que ela fosse embora, ele chegou perto dela.

_Eu sei que você anda muito ocupada...mas quando tiver um tempo...eu queria...Mostrar-lhe um livro novo que eu comprei.

Talvez você possa me dá sua opinião.

_Eu vou sim. Agora quanto ao tempo eu não sei quando. Ela se vira para seguir em frente, ele segura seu braço para dizer.

_Lia...eu...- não havia como colocar em palavras o que sentia. Puxou-a para si beijando-a com vontade, seus lábios foram ficando cada vez mais exigentes, ele a apertou contra o seu corpo, sua mão deslizava por sobre a camisola fina e transparente, Lia se entregava aquele beijo doce, que há muito tempo desejava.

_Way...ne...- Tentava dizer ofegante

Ele não lhe dava ouvidos, enlaçava os cabelos dela nos seus dedos, segurando-a perto dele, beijava-a com um beijo ardente, que ultrapassava todos os limites.

_Wayne...por favor me solta...

Ele soltou-a, seus olhos se encontraram, podia ver o fogo do desejo nos olhos dele, mesmo não a beijando, mantinha-a cativa em seus braços. Aos poucos ele vai afrouxando os braços, Lia considerava o fato dele ser um homem casado, soltou-se e saiu correndo para o seu quarto, fechou a porta atrás de si, estava ofegante, colocou a mãos sobre os lábios não acreditando no que acabara de acontecer. Se antes estava difícil dormir, agora ia ser impossível, ficou perturbada e eufórica, "será que ele pensou que eu desejava tal intimidade?" Pensava Lia, aquele beijo provocaram em seu corpo sensações confusas e maravilhosas.

Wayne não acreditou que tivera coragem de beijá-la, sentia os seus lábios ferverem com o toque macio, sentia o gosto daquele beijo que tanto ansiava, o que mais queria aconteceu, apenas não teve certeza se ela retribuiu ou não.

O dia seguinte ele saiu sem vê-la, tomou seu café antes de todos, apenas na presença de Helen e Susi, ele saiu antes que Lia aparecesse e ficasse sem graça com a sua presença, poderia denunciá-lo apenas com um olhar, "talvez seja por isso que ela ainda não esteja por aqui".Dizia a si mesmo. Desde que chegou, Lia não saia com tanta frequência como agora, o dia todo tentou falar com o Phillipe, queria alguém para esquecer o beijo que recebeu, tentou se concentrar apenas no trabalho com a Helen. Há noite saiu com o Phillipe para um cinema, até que gostou, pegou a última sessão, não queria chegar cedo em casa e encontrar o Wayne, sentar à mesa para o jantar era uma constante tortura. Quando chegou foi direto para o seu quarto, não imaginava que nada estava dando certo para Helen.

Assim que chegou no seu quarto, Wayne foi tomar seu banho, tinha feito seus exercícios, estava suado, pegou seu livro que queria terminar de ler, deitou na sua cama, folheava o livro quando viu a Helen ir para o banheiro, assim que ela saiu, usando uma roupa sensual, ele sorriu-lhe já sabendo de quem foi à ideia, ela colocou uma música suave e dançava, Wayne ficou apenas observando, fechou e guardou o livro, puxou ela para ele com uma certa violência e raiva no olhar, queria colocar para fora tudo o que estava sentindo, sabia que estava sendo até brutal no que fazia, rasgava a roupa que ela estava usando, não conseguia se controlar, nem ficou sabendo se ela chegou ou não ao clímax, virou para o outro lado e dormiu, não se preocupou como Helen estava se sentindo.

Logo pela manhã, Lia foi tomar o seu café, ao sentar-se à mesa viu a expressão nos olhos dos dois que não era nada boa, esperou até que Wayne fosse embora, e a Helen fosse para o escritório para conversar. Assim que Wayne saiu, Helen foi para o escritório, Lia ficou somente com as meninas.

_O que será que aconteceu? Será que os dois brigaram? – Disse Daine preocupada.

_Eu não ouvi nada, do meu quarto dá para ouvir quando eles brigam. – Falou a Josie

_Acho que é melhor vocês não se intrometerem na vida dos dois. – Falava Lia se levantando da mesa.

_Eu também acho. Pode sobre para nós. – Indagava Susi.

_É melhor vocês irem para o colégio, eu vou ver o que posso ajudar.

Lia entra no escritório a tempo de vê-la enxugando as lágrimas do rosto, fecha a porta e fica parada esperando que ela fale, Helen olha para ela e começa a chorar, Lia fica comovida e solidária, chega perto dela.

_O que aconteceu, Helen? Não deu certo?

_Eu...acho que deu certo...mais do que eu podia imaginar...e mais do que eu...queria.

_Então porque está chorando? O que realmente

aconteceu?

_Eu não tenho coragem de falar.

_Mas eu preciso saber para poder te ajudar.

Helen chorava copiosamente.

_Ele...foi   tão...brutal...esqueceu...do   carinho...só pensou...nele...depois...virou...as   costas...como   se...eu...não fosse...nada.

Passava as mãos sobre o rosto, Lia abraçava a amiga, tentando consolar. acontecer.

_Eu queria apenas te ajudar, não pensei que isso fosse te ajudar.

_Você não teve culpa, Lia, mas, eu não quero voltar

a fazer o que estava fazendo, quero voltar ao normal.

_É claro que não, você faz o que achar que deve fazer.

Ficaram a tarde toda conversando, ela queria uma nova historia para poder retomar a um novo livro, Lia lhe dava algumas ideias, tentava distrair a sua atenção para outras coisas, e, fazê-la esquecer um pouco o que aconteceu. Ela deixou que Lia continuasse a dar aulas para as amigas, todas estavam gostando, estava dando certo para elas que conquistaram seus maridos. Lia já estava no estúdio esperando as mulheres chegar, levou o seu celular para o caso do Phillipe lhe ligar, tudo estava pronto para a aula, olhava para o relógio, "elas estão atrasadas hoje".Pensava, estava distraída olhando os CDs quando o Wayne entra.

Há algum tempo ele queria tomar uma atitude quanto ao que Helen estava fazendo, pensava em tudo o que seria dito, estava confuso, sentia que não era o mesmo homem desde que conheceu Lia, ela mexia com ele em todos os sentidos, queria a todo custo tirar esse sentimento que o dominava, sabia que sentia amor e era algo forte que ele não conseguia conter para que não se alastrasse, o que tinha feito a Helen na noite anterior era algo que nunca imaginou que fosse fazer, estava arrependido.

Queria apenas arrancar aquele sentimento que o deixava vulnerável, não quis mais ficar perto dela ou conversar com ela, podia se trair depois do beijo que lhe deu, todos os dias a via dando aulas, via sua sensualidade e leveza nos movimentos queria-a de todo jeito, não devia deixar aquela loucura prosseguir. Mas como controlar algo tão forte que ultrapassava tudo o que era certa ou errado, ao seu conceito?

Um impulso de raiva, ele impediu Helen de ir para a aula.

_Chega de tudo isso Helen, nós não somos desse jeito, isso não combina com você.

_O que tem de errado nisso?

_Antes era aulas de dança, agora o que é? Prostituição?

_Que cabeça suja você está Wayne.

_Não é não, certo?

_Tudo bem. Eu não quero discutir mais.

Eles brigaram até que Wayne saiu do quarto, Helen se trancou, ele caminhou no jardim, foi até o estúdio, parou em frente à porta, tinha dito a sua esposa que ligasse as amigas para não comparecerem, ficou pensando no que dizer e entrou, "ela está tão linda".Pensava enquanto entrava, fechou a porta atrás de si, a roupa que ela usava era própria, vestia uma saia e uma blusinha que revelava um lindo e perfeito corpo feito para amar e ser adorado.

_Wayne? – Lia dizia surpresa – O que você veio fazer aqui?

Ele foi chegando perto dela encarando seu rosto, com seus olhos azuis magnéticos que sempre cativaram ela.

_Hoje não haverá aula.

_Por que? aconteceu algo?

_Aconteceu sim.

_O que foi? – Ela via que ele estava nervoso e parou antes dizer.

_Aconteceu essa pornografia que tem aqui, eu não quero
mais isso na minha casa.

_Eu não entendo. O que tem de mais?

_Você ainda pergunta? O que você acha que está fazendo com essas mulheres? Transformando-as em prostitutas?

_É claro que não. Elas só querem salvar o casamento.

_E por acaso você é conselheira matrimonial?

_Não...eu não dou conselhos...E muitos menos digo o que devem ou não fazerem, elas é que querem e estão gostando.

_Você me parecia uma moça tão doce e não que se escondia em pele de prostituta.

Quando Wayne termina de falar, Lia lhe dá um tapa no rosto.

_Eu não admito que você fale assim de mim... Ele a olha e num impulso a puxa para os seus braços, num beijo selvagem e gostoso, Lia estava presa em seus braços fortes que a apertavam contra seu corpo, tentava em vão se libertar, ele a segurava firme, invadia sua boca com a sua língua, numa atitude de total segurança, parava e voltava a beijar de novo, Lia correspondia aquele beijo com a mesma vontade dele, ele segurava seus braços com firmeza, de repente ele a solta, passa os dedos nos seus lábios e vai embora, deixando-a atordoada, se antes era difícil esquecê-lo agora era mais ainda.

No seu quarto, revivia cada passo do beijo, o desejo de beijá-lo novamente era grande, "eu beijaria aqueles lábios tomando a sua língua sem deixá-lo escapar".Pensava sonhando com o impossível.

O mesmo acontecia com Wayne que colocava os dedos sobre os lábios e pensava, "que lábios doces, que beijo quente e maravilhoso, como eu imaginava. O que eu faço agora para esquecê- la".Essa pergunta não tinha resposta, sua esposa estava dormindo no quarto ao lado, sozinha, ele não conseguia dormir, soprava uma brisa suave, mesmo com a janela aberta ele sentia que o quarto estava quente.

O dia seguinte era um sábado, o Phillipe convidou Lia para um passeio, aceitou de bom grado, Wayne olhava os dois quando saíram. Phillipe notou que ela estava dispersa e diferente, ele era um homem bem observador.

_O que aconteceu ontem?

_Por que você acha que ontem aconteceu algo? – Disse assustada com a observação dele.

_Você não está prestando atenção no que estamos conversando, eu senti um clima estranho na casa que você nora.

_Ë acho que você tem razão, aconteceu algo sim. Mas, não é da minha conta, eu queria ajudar a minha patroa, a Helen e só fiz coisa errada, acho que a prejudiquei.

_De que modo?

_Eu andei dando aulas...de...como...eu posso te dizer...

_Tente!

_Você já ouviu falar em aulas de sedução?

_Não! Isso é para que?

_É um tipo de exibição, onde a mulher que é muito tímida e quer manter o seu relacionamento, seja com o marido ou namorado, desenvolve esse lado sensual e feminino dela.

_Interessante. – Comenta pensativo – É você que ensina essas mulheres?

_Eu não posso dizer que ensino acho que eu ajudo a se soltarem mais.

_E você teria coragem de fazer o que ensina?

_Claro, se fosse para o homem que eu amo eu faço sim.

_Quem é o homem que você ama? - Aquela pergunta pega Lia de surpresa.

_É...não tem...eu quero dizer...o homem que eu estiver amando no momento.

_E você ama alguém no momento?

_Por que pergunta?

Ele se vira para olhá-la nos olhos, pega a mão de Lia e lhe dizia

_É que se por acaso você estiver livre...assim, eu estou livre...se por um acaso do destino você se interessou por mim, nós podíamos ficar juntos.

Lia sorriu para ele.

_Você é um ótimo professor, mas péssimo com as palavras, está tentando dizer que gosta de mim, é isto?

_Eu sei que não sou tão bom para me expressar, mas o que eu quero dizer...é que eu te amo. E digo isso para a primeira mulher que teve paciência em me ouvir, parou para me escutar e conhecer, esse ser tão monótono.- dizia ele num tom humilde.

_Você é engraçado. É um homem tão bonito como pode estar sozinho até hoje?

_As mulheres fogem de cara como eu! Mas você não, é diferente de todas as que eu conheci e conheço.

_Você também é diferente.

_Acredito. Eu não sou um cara normal.

_O que é isso! Só pelo fato de você ser bem inteligente não quer dizer que não seja normal.

Ele segurava ainda as mãos dela, beija suavemente, levanta o olhar para ela, que sustentava, seus olhos eram de um tom cinza, que ela começou a reparar naquele momento, lhe dava um ar de mistério, que qualquer mulher queria desvendar, sua mão deslizou até a face rosada de Lia, segurando o seu rosto para depositar um beijo doce e delicado. Seu beijo era firme e seguro, sabia o que queria, ele o abraçou pelo pescoço, ele a puxou pela cintura levando-a até ele, a sua língua caminhava com suavidade dentro de sua boca, procurando tirar dela o máximo de desejo possível. Ele estava sendo carinhoso e, conduzia o beijo com destreza e vontade, ele a solta um pouco, mas, seus braços ainda rodeavam sua cintura.

_Eu não pensei que fosse amar assim.

_Assim como?

_Você me faz sentir tão bem, me deixa mais à vontade, eu fico mais solto também, eu tenho vontade de fazer até loucuras. – Ele termina de falar, pega-a no colo e começa a rodopiar com ela.

_Phillipe!

_Eu não disse que por você eu posso fazer qualquer coisa?

_Disse sim, mas estamos na rua.

_Não tem ninguém nos olhando.

_Eu agora preciso entrar.

_Quer ir comigo amanhã fazer um pic-nic?

_Pic-nic?

_É você vai gostar, eu conheço um lugar aonde sempre vou para estudar, é bem tranquilo e muito bonito.

_Vai passar aqui para me pegar a que horas?

_Às 9:00 horas, é claro que eu faço questão de vim te buscar.

_Então até amanhã. – Lia se solta dos seus braços para volta, ele a segura pelo braço impedindo que continue.

_Posso te dar um último beijo hoje?

Ela lhe dá um sorriso e segura o seu rosto, deposita nos lábios dele um beijo rápido.

_É um beijo de boa noite mesmo.

_Como você queria?

_Assim...- E a segura nos braços, fazendo com que ela quase se desequilibra e caia em seus braços, ele a segura firmemente e a beija com vontade, forçando a passagem de sua língua para dentro da boca de Lia.

_Sonha comigo. – Diz quando a solta

Lia se recompõe, lhe dá um sorriso e entra na casa. Quando entra as três meninas vem ao seu encontro.

_Lia você ganhou o professor. – Dizia a Susi toda sorridente

_Ele me pareceu que beija muito bem.

_Ele beija bem Lia? Nós vimos ele te beijando.

_Que tal irmos lá para o quarto conversar, eu conto tudo, aqui vocês estão fazendo tanto barulho que pode acordar os pais de vocês.

_Não se preocupe que o meu pai não está em casa, e a mamãe está dormindo. – Dizia Diane empolgada.

_Vamos para o meu quarto, meninas.

Lia contava tudo o que aconteceu, a euforia era geral, davam gritinhos agudos por cada coisa que ela contava, ficaram por horas conversando, até que pediu para irem dormir, vestiu a camisola e deitou, estava uma noite quente, levantou para abrir a janela, olhou para fora, estava tudo em pleno silencio, foi até a cozinha tomar um copo com água, estava tudo em silencio, tomou a sua água e ia saindo da cozinha quando o Wayne aparece.

_Que susto você me deu. – Disse Lia para ele que a estava olhando com a fisionomia séria.

_Está namorando o professor?

_Nada oficial ainda.

_Mas ele te beijou, não foi?

_Um beijo. O que significa um simples beijo?

_Não significa nada para você?

_Depende de quem está beijando.- Lembrou do beijo que ele lhe deu, cobriu os seios com os braços e disse: - agora eu preciso ir, boa noite.

Quando foi passar por ele, que a segura pelo braço com firmeza, olha ao seu redor, leva-a para um canto escuro da cozinha encostando-a contra a parede. Percorre o corpo de Lia com as mãos por cima da fina camisola, ofegante e gemendo como se fosse um animal caçando sua presa.

_Lia...Lia...- As palavras saiam de sua voz rouca.

Segurou o rosto dela e a beijou, aquele beijo de que ela bem lembrava, era o oposto do Phillipe, era selvagem, ardente, sedutor e ousado, ele levantava a perna dela exposta pela fenda da camisola, colocando sua mão por dentro, chegando a cariciar as coxas macia e os quadris. Presa aquele homem, Lia deixava se levar por aquela loucura, puxou-o pelo pescoço para mais perto de si, forçando-o contra o seu próprio corpo, num instante de êxtase, deu conta depois de onde estava e tentou empurrá-lo com as mãos, queria se soltar dos braços dele e não conseguia, ele disse segurando o seu corpo.

_Você está me deixando maluco, – E a beija no rosto, pescoço, vai descendo até os seios, ela o segurava impedindo-o de prosseguir. - completamente maluco.

As mãos dele chega aos seios dela, ele acaricia com vontade sentindo a rigidez dos mamilos, Lia estava quase sem fôlego, quando conseguiu se soltar dele, saiu correndo em direção ao seu quarto, fecha a porta com a chave, estava ofegante, colocou a mão por sobre o coração tentando acalmá-lo, se jogou na cama, "Meu Deus, o que aconteceu?" Ela se virava na cama extasiada com o acontecido.

CAPITULO VI

Wayne não conseguia conter o ciúmes que estava sentindo de Lia, ao olhar pela janela do seu carro, estava na garagem quando a viu chegando com o professor, viu aquele homem puxando-a para um beijo, ele apertava o volante do carro com suas mãos, sentia o desejo queimar o seu corpo indo até a sua boca desejando os seus lábios, estava na sala quando ouviu passos resolveu se esconder, não podia mais se conter ao vê-la apenas de camisola fina e sensual, mostrando os seios firmes, a curva perfeita do seu corpo passando sem vê-lo, foi de encontro a ela e a tomou nos braços, era tão grande o seu desejo que a apertava contra o seu peito, não mediu as consequências do seu ato, ela o hostilizava, forçou-a beijá-lo, ela retribui os seus beijos com o mesmo ardor, ele agora senta no chão e começa a relembrar o que de fato aconteceu.

Ela o empurrava, hesitando-o mais ainda, queria amá-la com toda a delicadeza possível, queria a sua entrega total a ele, ela conseguiu livrar-se dos seus braços e correu para longe, estava agora no mesmo lugar, tentava esfriar a sua cabeça, "meu Deus o que estou fazendo?" Se condenava, "eu a desejo e a amo tanto. Tira do meu coração esse amor impuro e incorreto. Por favor meu Deus!" dizia batendo no peito e deixando que as lágrimas viessem aos seus olhos.

Na manhã seguinte Lia se levantou, não cedo, como de costume, esperou que todos fossem para a igreja e depois sairia do seu quarto, pela janela viu que o Wayne estava com a mulher e as filhas. Desceu para o café assim que terminou de se aprontar, a mesa ainda estava posta, Teresa estava recolhendo as xícaras.

_Bom dia Teresa.

_Bom dia senhorita Lia, eu vou lhe servi o seu café.

_Todos já foram para a igreja? – Perguntou como se não soubesse

_Por incrível que pareça todos foram, até o senhor Wayne que fazia tempo que não ia.

_E você? Por que não foi?

_Estou com uma dor na coluna, não posso ficar sentada por muito tempo.

Ouvimos a campainha tocar.

_Com licença. – Teresa caminha para atender a porta Era o Phillipe, ela o conduziu até a sala onde eu tomava o café.

_Bom dia querida. – Disse ele

_Bom dia. Como vê ainda estou tomando o café, quer me acompanhar?

_Apenas um café, por favor.

Teresa trás duas xícaras para nós dois. Depois de meia hora estávamos a caminho das montanhas, entramos no condato de Oxfordshire, um lugar muito bonito. Conversamos o caminhos todo, os assuntos eram os mais variados, mas tudo acabava em historia, Lia brincava com ele o tempo todo.

_Você vem pensar bem longe. – Lia diz brincando com ele

_Achou muito cansativo?

_Não, eu estou adorando o passeio. Mas admita que é quase uma viagem.

Ele ria para completar:

_Você é surpreendente e fascinante.

_Obrigada pelo elogio, eu espero que você tenha essa mesma opinião quando ver o que tem dentro da cesta que eu consegui preparar essa manhã.

_No mínimo tem galinha assada, fria, pão, geleia e suco de uva, talvez. E acho que deve ter bananas ou maçã. – D brincando e sorrindo, Lia ria da brincadeira dele.

_Você quase acertou. O que fez? Olhou dentro dela?

_Não! Eu apenas imaginei, mas não se preocupe eu também trouxe uma.

_Então vamos poder ficar perdidos nas montanhas sem passar fome por dias.

_Eu gostaria de ficar perdido com você.

Lia olhou para ele que sorria, segurou a mão dela, estacionou o carro numa estrada, desceram para um local mais plano, encontraram um lindo lugar calmo, embaixo de uma árvore, Lia estendia a toalha para sentarem-se, mal o sentou a puxou para perto dele.

_Eu quero você aqui bem perto.

_Mas estamos tão perto que daqui a pouco vamos ser apenas um. – Depois do que disse, Lia via a bobagem das suas palavras, não conseguia olhar nos olhos dele, ele levanta o queixo dela para que o encarasse.

_Não precisa ficar com vergonha do que disse. Eu sempre gostei da sua sinceridade, eu sei que não nos conhecemos o suficiente para fazermos amor, eu prefiro que esse dia chegue com calma e segurança.

Lia lhe sorriu como resposta, ainda sentia vergonha do que disse, ele lhe tomou o rosto beijando-a com carinho, "tenho que tomar mais cuidado com as minhas palavras".Pensava enquanto se concentrava no beijo, ele sabia beijar muito bem, mas nada parecido com o que o sentiu com o Wayne, não queria pensar nele, não naquele lugar e nem naquele momento, queria curtir a alegria de ser amada por um homem especial como o Phillipe.

Ao saírem da igreja o Wayne e sua família estavam andando até o carro, estava abrindo a porta para Helen quando vê passando a toda velocidade o carro do professor com a Lia ao seu lado. Sua filha também vê e diz as outras:

_Diane viu a Lia passar com o professor?

_Não, eu não vi.

_Eu também não vi. – Queixa-se Susi

_Vamos meninas, entrem no carro, deixa a Lia namorar em paz.

Wayne vai para o seu lado do carro, sentando para dar a partida.

_E tinha que ser com esse professor? Alguém sabe alguma coisa a respeito dele?

_Por que a preocupação com ela Wayne?

_Por que trabalha na nossa casa, eu não quero que seja um mal exemplo para nossas filhas.

_Ela não é um mal exemplo, ajuda nossas filhas com as matérias escolares, está sempre presente quando precisamos. É uma moça de família, eu não ia colocar qualquer pessoa para trabalhar em nossa casa. Eu ponho minha mão no fogo por ela.

_Em casa nós conversamos sobre você pôr a mão no fogo por ela.

No caminho todo Wayne demonstrou estar nervoso e irritado com tudo, não era apenas com o trânsito, que não estava tão ruim assim. Suas filhas ficaram em silencio para não perturbá-lo mais. Chegou em casa e foi direto para o quarto onde sempre conversavam, suas filhas foram para o quarto da Josie que dava para ouvir a conversa dos pais

_O que está acontecendo com você, Wayne? Está muito diferente.

_Você quer saber o que esta acontecendo comigo? Eu lhe digo, você e essa moça treinando coisas obscenas, você vestindo essas coisas – Diz mostrando a roupa – para me atrair. Como se eu precisasse desse tipo de atrativo. Você acha que eu preciso disso?

_Não sei, talvez não, eu sei que eu preciso.- Ela senta na beirada da cama e começa a chorar. – você não ligava mais para mim, acho que não me ama mais.

_Helen você se esqueceu que foi você que se afastou de mim? Começou a escrever como uma louca, sem parar, depois vem me culpar? Tenha dó.

_Eu sempre estive aqui quando você precisou, você

é que estava sempre com um livro nas mãos ou fazendo os seus malditos exercícios.

_Vamos acabar com isso Helen. Eu não quero mais que você dance para mim, ou faça as coisas que fez, não fica bem para você.

_Eu não entendo, como para as outras deu certo e no meu caso não!

_O que deu certo?

_A dança, a insinuação. A Doris disse que seu marido adorou, quer que ela faça todos os dias, a Helen disse que o Gerald está mais carinhoso...

_Nós somos diferentes deles, eu não quero, só isso. – falava com determinação na voz, andava de um lado para o outro.

_Por que agora deu para implicar com a Lia?

_Eu não estou implicando, mas, tudo tem o seu limite. – Olhava para ela e vê a frustração em seu rosto – Ok, Helen, se você quer continuar a ter aulas com a Lia, pode, eu vou ser mais tolerante, se isso a fizer feliz. Mas não para mim, que não preciso desse tipo de incentivo.

Os olhos dela voltam a brilhar.

_Eu posso mesmo?

_Se é o que você quer!

_Eu quero sim. Assim posso ajudar a Lia a mandar um pouco mais de dinheiro para o seu pai que está doente. Se eu parar de dançar as meninas também param.

_Eu não sabia disso.- Sua voz fica mais branda

_É, as meninas pagam para ter as aulas, eu exigi isso delas, nada mais justo.

_Isso eu concordo. – Ele fica pensativo e senta na cama, ela o olha com curiosidade.

_Há algo errado?

_Eu conversei com o padre John que virá aqui amanhã para falar com a Lia.

_Você nunca foi de falar com ele ou de se confessar. O que você queria com ele?

_Eu achei necessário diante da situação. – Começou a trocar de roupa

_Vai sair?

_Vou pedalar um pouco estou enferrujado.

_Eu queria saber o porque pediu ao padre John para vim aqui. O que ele pode fazer?

_Eu não sei...na hora a consciência pesou, sei lá.

_Não estou entendendo o que se passa com você. Está mais distante de tudo.

_Eu vou pensar um pouco. Você sabe que eu penso melhor quando estou me exercitando.

_Volte a tempo para o almoço

Ele saiu sem lhe responder, queria esvaziar a mente, passava por pessoas conhecidas sem ao menos ver, suava, cansava, mas não parava, queria chegar ao seu limite total, tirar todos os pensamentos de sua cabeça. Eles o estava perturbando, andou tanto, foi tão longe que não conseguia mais ficar sobre a bicicleta e desceu, sentou numa praça, jogava pedras no lago às vezes com tanta força que acertava os pássaros, "vou tirá-la do meu coração, eu te odeio, você está me deixando em frangalhos, olha o que fez comigo? Não sou nem sombra do homem que era. Não consigo mais dormir direito, você está me dominando, eu não vou permitir, não vou. Depois sai com aquele homem... me deixando, eu quero os seus beijos, os seus carinhos que você está desperdiçando com aquele professor inútil que não te ama da forma que eu te amo. Ninguém tem o direito de te tocar, você é e vai ser minha, só minha, de mais ninguém".Dizia para si mesmo jogando com força a pedra no lago, deita no chão e por lá fica descansando até ter forças para poder voltar.

No final da tarde ficou sentado no degrau da entrada, apenas para ver quando ela chegasse.

O dia para Lia tinha sido muito tranquilo, o Phillipe era bem carinhoso e romântico, conversavam sobre tudo, passeava por todo o lugar, comeram um delicioso pudim que ele lhe trouxe, um vinho maravilhoso. Tudo estava perfeito até que ele lhe diz que tinha que voltar para casa.

_Mas está tão bom aqui.

_Eu sei amor, mas tenho que preparar a aula para amanhã. Eu gosto de deixar tudo preparado.

_Só mais um pouquinho, vai?

_Se eu pudesse ficava aqui com você, mais tempo, mas infelizmente eu tenho muita coisa para fazer.

_Não tem problema, eu gostei do nosso dia, foi muito gostoso.

_O lugar colaborou muito.

_É verdade. Podemos fazer isso mais vezes.

_É só marcar antes.

_Esse lugar é bem calmo e tranquilo. Eu gostei daqui.

_Sério? Você gostou do mesmo?

_Gostei sim. Você pode marcar quando quiser.

_Vou olhar na minha agenda e ver um dia que eu estiver desocupado.

_Você nunca vai estar desocupado. – Ela diz com uma olhar de apelo

Ele segura no rosto dela puxando-a para si, roça seus lábios no dela aprofundando a sua língua dentro da boca quente de Lia, sentia as batidas acelerada do coração, a quentura do seu corpo fez seu rosto corar, intensificou mais o beijo trazendo-a para si, seu corpo se moldou ao dela, deslizada a mão nas curvas suaves de sua cintura, sentia uma atração enorme por ela e colocava para fora, temeu que tivesse passado do limite, conseguiu se controlar a tempo tentou superar aquele sentimento de desolação que sentia em deixá- la, havia naquele sentimento tanta ternura e tanta paixão contida, um enorme desejo de ficar com ela e esquecer-se de tudo, as palavras ecoavam no seu cérebro. "trabalhar, trabalhar, aula,

aula".Parecia não ter fim aquele pensamento, não o transmitiu por que ela ia dizer que ele só pensava em trabalho e não nela, o que sabia ser bem verdade. Parou o beijo, não viu nada na expressão do rosto dela, nada que lhe transmitisse que ela gostou, apenas um inocente sorriso, como se estivesse agradecida por ela a soltar.

Pegou em sua mão e a levou para o carro. A volta foi mais rápida do que a ida, e, logo estavam em frente à casa de Helen.

Phillipe viu o Wayne sentado na escada olhando para eles.

_O que ele está fazendo ali? – Pergunta

_Não sei, pode estar esperando uma de suas filhas. – Respondeu vendo a expressão no olhar de Wayne

_Você acha que eu devia ir até lá e cumprimentá-lo?

_Não sei te responder, mas se eu fosse filha dele ia querer que o meu namorado fosse falar com ele, mas não sou.

_Ele está olhando para cá.

_Eu acho que vou entrar.- ao se virar para sair do carro ele a segura pelo braço, impedindo-a de sair.

_Vai sair de novo sem me dar um beijo?

_É claro que não! – E segura no seu rosto enquanto ela falava e, lhe dá um beijo demorado. Era um beijo puro e simples, bem diferente do beijo do Wayne, ele a solta.

_Boa noite minha querida.

_Boa noite. – Lia acena para ele que ia saindo com o carro.

Ao chegar mais perto do Wayne vê o ódio no seu olhar.

_Boa noite. – Lia lhe diz, mas, não houve resposta, segue em frente para dentro da casa. Vai direto para o seu banho.

Depois de vestida, desceu para o jantar, todos reunidos em volta da mesa, o Wayne era o único que estava calado e nada comia, apenas parecia brincar com o seu garfo e faca, a Helen percebeu e lhe perguntou:

_Há algo errado querido? Não está com fome?

Ele simplesmente levanta da mesa, joga o guardanapo na mesa e sai, deixando todos pasmos com a sua atitude.

_Mãe, o pai está tão estranho! – Reclamou a Josiê

_É verdade, ele mudou um bocado de uns dias para cá. – Replicou a Diane

_Por favor meninas, não houve nada...

_Mãe para de tampar o sol com a peneira. Nós não somos mais criança, sabemos que vocês brigaram.- Diane fala e recebe um cutucão da irmã. – Ai...- diz sentindo

_Eu não quero falar sobre isso agora. – Diz a Helen Lia ouvia tudo calada, sabia o que podia estar

acontecendo com Wayne, negava admitir até para si mesma.

_Eu vou me deitar, estou com sono, se me dão licença, boa noite para todas.

_Boa noite Lia. - D

Lia as deixou sozinhas porque sabia que Helen queria falar com as filhas em particular, deitou em sua cama pensando na atitude do Wayne, nos seus olhos que pareciam estar tristes e zangados, um ar solitário em sua fisionomia, seus lábios abertos demonstravam ansiedade de beijos que ela desejava saciar. Mas sabia que a não podia, não deveria nem ao menos estar pensando ou sentindo, Helen confiava nela, mesmo não querendo não estava conseguindo evitar aquele amor que crescia a cada dia, o pior foi conhecer o gosto do beijo e saber que ele também lutava contra aquele sentimento.

Realmente, Wayne estava passando pela pior fase de sua vida, amava desesperadamente outra mulher, fazia de tudo para sua esposa não descobrir, aquele sentimento não podia afetar o seu casamento e, nem a vida das suas filhas, saiu da sala porque não conseguia mais ouvir falarem do romance dela com o professor.

O ciúme tomava conta dele, podia senti-lo, era quase

visível e elas podiam notar, deitou em sua cama, ficou pensando naqueles olhos castanhos que para ele era tão difícil decifrar, queria sentir aquele corpo contra o seu novamente, sentir o perfume doce de sua pele, os lábios macios e rosados abrindo-se para receber um beijo seu, sabia que era até pecado desejar tanto assim, algo que não podia ser seu. Tentava em vão conciliar o sono que não vinha.

Sentiu que sua esposa dormia, levantou-se e foi para a cozinha, sentou na cadeira, não acendeu a luz, deixou-a apagada, ficou ali para pensar em tudo o que tinha acontecido, na noite anterior, ficou por lá um bom tempo, resolveu voltar para o seu quarto, ao chegar ao pé da escada viu que Lia vinha descendo, esperou por ela que olhava parou ao vê-lo. Ela voltava com rapidez, ele conseguiu alcançá-la antes que chegasse ao fim da escada.

_Espere, eu quero falar com você. – Sussurrou em seu ouvido.

Foram descendo as escadas, ele segurava em seu braço,levou-a a até a biblioteca que estava apenas com a luz que vinha de fora, fechou a porta atrás de si. Ela estava ainda com o braço preso por ele.

_Me solta Wayne!

_Não! Eu quero falar com você, agora.

_Então diz logo o que você quer dizer.

_O que você tem com esse professor, Lia?

_O que te importa?

_Por favor Lia, me diz.

_Você está machucando o meu braço. Solta-me.

_Eu lhe disse que não vou soltar, eu quero que você me conte o que está acontecendo.

_Eu não vou lhe contar nada.

_Por favor Lia eu te peço...- Lia sentiu o apelo daquela voz

_Eu não tenho nada com ele. Satisfeito agora?

_Não! Eu o vi te beijando, como pode deixar ele te tocar?

_O que você quer de mim, afinal de contas?

Ele a puxa para ele, enlaça sua cintura fazendo com que ela fique junto ao seu corpo, podia sentir a respiração dele se acelerando com o contato.

_Lia você me deixa louco. – Toma em suas mãos com carinho, - me beije amor...Ame-me com ternura.

_Wayne...- ia dizendo quando ele toma sua boca num beijo louco e apaixonado, sentia a língua dele invadindo o território de sua boca, as mão dele circulando o seu corpo que tremia com o contado.

_Wayne...por favor não...

_Eu te quero tanto...

_Não podemos, você sabe.

Ele desce a mão que estava segurando o pescoço esguio dela, chegando até seus seios que estavam intumescidos com os bicos rígidos, sentia toda a maciez e o perfume emanando dela.

_Não faça isso...conosco Wayne...

_Eu não vou permitir que você seja dele.

_Você acha que eu quero?

_Você não o quer?

_Você sabe que não.

_Não, eu não sei. Diz-me quem você quer?

_Eu não posso lhe dizer isso.

Ele acariciava os seios dela como se fossem duas joias raras, ela ofegava em seus braços, queria se soltar ao mesmo tempo em que não queria, a contradição que a envolvia era causada por um impetuoso amor, que exalava toda a sua força.

_Por favor...- tentava em vão tirar as mãos dele de si.

Queria se soltar, ele a segurou pela cintura, puxou-a para um outro louco e apaixonado beijo.

_Me solta por favor.

_Eu vou fazer o que me pede, apenas porque eu não vou resistir a você. – Ele passa sua mão nas coxas que a fenda da camisola revelava – Eu te quero e muito, sei que não é o momento certo para fazê-la minha.

Ele a solta, Lia ofegava sentindo o coração batendo descompassado no peito, ele lhe dá passagem, ela sai da biblioteca e vai correndo para o quarto, bebeu água da pia, estava com a boca seca. Deitou pensando nas sensações que ele produziu em seu corpo. Sentia toda a sua feminilidade afluindo.

Wayne não soube como podia se conter, quase a fez sua, ali, na sua casa, debaixo do mesmo teto que estava sua esposa. O desespero se apoderou dele, não era o que queria, mas aquele amor misturado com um louco e insano desejo se apoderava de todo o seu corpo, tinha perdido toda a razão, deixou que esse sentimento falasse mais alto do que todo e qualquer juízo.

CAPITULO VII

A segunda feira foi de muito trabalho para Lia, ela acelerava os esboços para que a Helen pudesse lançar os seus livros, três de uma vez só e marcar uma noite de autógrafos.

A noite Lia foi para o estúdio preparar mais uma aula para as amigas da Helen, todas estavam contentes e os resultados podia ser visto na fisionomia de cada uma delas, contavam como o casamento delas estavam felizes, elas contavam como os maridos reagiram, primeiro veio à surpresa e depois deixaram que elas.

Lia via que a Helen era a única que ficava quieta e não estava feliz, depois da conversa todas foram embora, Lia estava guardando as tomassem o controle da situação o que eles gostaram, estavam felizes com o resultado obtido coisas que utilizaram, quando vê um senhor parado na porta, ela estava de shorts e uma blusinha bem solta, não tinha trocado de roupa ainda, vejo que não era conhecido, vai até ele e lhe diz:

_O que o senhor deseja?

Ele fica apenas olhando-a com ar de reprovação.

_Quem é o senhor?

_Um homem de Deus moça. – Finalmente falando.- Vim conhecer o antro de perdição que minhas ovelhas tanto falam. Você a está conduzindo para esse lugar imundo e pecaminoso.

_Desculpe me...

_Quieta! – Ele fala alto e com autoridade na voz, mostrava o dedo em riste para que ficasse em silencio. – Eu falo por aqui, você fica quieta.

Ele começa a andar ao redor dela, parecia analisar o seu corpo em todos os detalhes, dos pés a cabeça.

_É agora eu entendo a preocupação do Wayne quanto á você. Ele me falou das perversões que você faz aqui.

_Eu não...

Antes que terminasse a frase ele lhe dá um forte tapa no rosto ao qual ela leva à mão, estava sem fala, não acreditou no que aquele homem tinha lhe feito.

_Eu é que falo. Você fica calada. Eu quero você longe da minhas ovelhas, longe dessa casa e dessa família decente, você mais parece uma prostituta do que precisa se livrar dos pecados.

Ele termina de falar e vai lhe batendo com tapas fortes, Lia gritava de dor, até que o Wayne chega ficando entre ela e o padre.

_Pare com isso. Eu não admito que o senhor encoste um dedo nela.

_Ela precisa expulsar do seu corpo o demônio que está ai.

_Não é dessa maneira.

_Olha a roupa dela? Não é assim que uma mulher de família se veste.

Ele se agacha onde estava Lia, abraça-a protegendo, o padre olhava indignado.

_Por que a está protegendo Wayne? Você tem que proteger é a sua família e o seu casamento de pessoa como esta.

Não dessa forma, agora por favor vai embora.

_Eu não vou deixar você sozinho com essa criatura pecaminosa.

_Não fale assim dela, por favor. – Ele olha para Lia e vê o seu rosto todo vermelho. – Resolverei esse assunto e volto logo.

◆ ◆ ◆

Lia não responde e nem olhei para eles, Wayne sai levando o padre com ele, deixando-a sozinha, levantou-se do chão pegou suas coisa e saiu, viu os dois caminhando e conversando, estavam um pouco longe, ela saiu andando em direção oposta a deles. Foi direto para o seu quarto e trancou a porta, sozinha agora chorava, deixava que as lágrimas da angustia a dominassem por completo, "quem eles pensam que são? Cada um deles quer se aproveitar de mim, como se eu não tivesse opinião alguma, fosse um objeto, mas isso não vai ficar assim, não vai mesmo".Dizia entre lágrimas e soluços, tomou um banho e foi dormir, chorou a noite toda, queria ser feliz e não estava conseguindo, a felicidade parecia não existir em lugar algum para ela, quase não dormiu a noite. Todo o episódio não passou desapercebido por Helen naquela noite, que bateu insistentemente na porta do quarto dela sem obter resposta.

No outro dia todos notaram que os seus olhos estavam com orelhas, deu um tremenda desculpa qualquer e não quis tocar no assunto, não olhou para o Wayne, evitou levantar o seu olhar para ele, sai da sala e foi para o escritório.

_O que aconteceu ontem Lia?

_Nada de mais.

_Não é verdade, porque eu vi o padre John saindo daqui acompanhado pelo Wayne, ele me disse que tinha falado com ele sobre a dança, ele me chamou até o confessionário e me fez contar- lhe tudo.

Lia não respondia, sentia as lágrimas caindo sobre o seu rosto queimando.

_Eu sinto muito Lia se ele te falou algo que não devia, ele às vezes sabe ser bem duro.

_Eu é que sei.

Ela acariciava o seu cabelo.

_Não fique magoada com ele, eu vou com as meninas falar com ele. Contar-lhe que você não é o que ele pensa, ele vai vim aqui lhe pedir desculpas. O Wayne também lhe deve desculpas Lia não deveria ter ido falar o que não deve para ele. Eu vou falar com ele.

Lia apenas acena com a cabeça, só para encerrar o assunto, precisava desse momento para pensar, queria estar nos braços do Phillipe que podia lhe trazer mais lucidez na sua decisão. Queria tomar uma com certa urgência, o mais rápido possível. Ligou para ele logo à tarde, mas infelizmente não podia vir até ela porque estava trabalhando na elaboração de um teste que ia dar à noite. "A porcaria do teste é mais importante do que eu".Pensava desligando o telefone com uma certa raiva na voz.

Pediu a Helen que lhe desse folga a noite, não queria dar aulas, ela compreendeu, ligou para as amigas avisando, agradeceu e saiu para uma caminhada pelo bairro, sem direção, apenas queria andar e tentar colocar as ideias em ordem.

Wayne estava com um remorso bem grande instalado no seu coração, levo-o até o carro.

_Porque não me deixou falar com ela filho?

_O senhor não falou com ela, bateu, eu nunca imaginei que uma pessoa que se diz servo do Altíssimo fizesse isso.

_Wayne o que você me confessou não é obra do amor, é outra coisa.

_Tudo bem padre, eu entendi o seu recado, vou fazer o possível para rezar do jeito que o senhor me pediu.

_Isso é o mínimo que pode fazer, filho. Não existe nada fora do casamento. Você tem uma excelente esposa, não jogue tudo isso fora por um capricho.

_O senhor sabe o que é amor padre?
_Sei sim, e não é o que você sente.

Ele fecha a porta do carro do padre John para dizer:

_Eu vou agora mesmo me penitenciar.

_Faça isso filho, e conte a Helen, ela não merece isso. E mande essa moça embora da vida de vocês.

Ele acena com a cabeça para que ele vá embora.

O estrago já estava feito, depois que o padre John vai embora ele voltou para o estúdio, não tinha mais ninguém por lá, a Lia tinha ido embora, socou a porta com raiva, foi direto para sua casa com a vontade de bater na porta do quarto dela, queria se desculpar de qualquer jeito.

Parou em frente á porta, fez até o gesto de bater, conteve-se a tempo, a Helen apareceu e o chamou, vendo-o parado em frente à porta do quarto da Lia.

_Eu preciso falar com você Wayne. Ele

foi para o seu quarto.

_Por que fez isso com a Lia?

_Eu não sei...

_O que você queria provar? Sabia que ela fazia tudo isso porque eu pedi que fizesse.

_Eu sei Helen...

_O que vai dizer a ela?

_Pedir desculpas, o que mais?

No dia seguinte via que ela estava triste e cabisbaixa, tentava olhar para ele, não conversava, ou tentava se ausentar das conversas. Sabia que tudo pelo qual ela passava era culpa sua. Não encontrou uma maneira de falar com ela que não tinha saído do quarto a noite toda.

Quando chegou do escritório não a encontrou, a Helenlhe disse que a aula foi cancelada, e que a Lia tinha ido fazer uma caminhada, sem dizer nada saiu com sua bicicleta à procura dela, depois que percorreu quase o bairro todo, viu-a voltando, parou perto dela, percebeu que ela estivera chorando.

_Eu preciso falar com você Lia. – Diz ao chegar perto dela – Eu preciso me desculpar pelo que eu te fiz.

_Eu não quero saber Wayne.

_Ontem quando eu voltei você tinha ido embora, não

deu tempo para me desculpar...

_Não quero falar nesse assunto e muito menos com você.

_Por favor Lia me perdoa. Eu não pensei que ele fosse fazer o que fez. Nunca mais eu vou expô-la daquela forma.

_Você não tinha o direito de falar nada para ninguém, por que não disse o que sentia para mim mesma?

_Você acha que eu tinha coragem? Eu não sei porque fiz aquilo, ou melhor, eu sei sim.

_Eu já conversei com a Helen e não quero tocar nesse assunto, por favor, vá embora e me deixa sozinha.

Ela faz menção de seguir em frente, ele deixa a bicicleta no chão e faz ela parar, segurando-a pelos ombros.

_Tudo o que você quiser eu faço Lia, desde que me perdoa, eu não consigo fazer mais nada se não tiver o seu perdão. Eu não consegui dormir ou trabalhar direito, apenas pensando no mal que eu te causei.

_O que você quer de mim Wayne?

Ele ficou com o olhar perdido no dela.

_Eu não quero nada, eu sei que não mereço.

_Eu não entendo você. Acho que nunca vou entendê-lo.

_Eu preciso do seu perdão Lia, eu lhe suplico. Eu...não sei como lhe dizer o que sinto...

_O que você quer dizer com tudo isso?

Ele a solta e dá um gemido alto que lhe pareceu ser de uma pessoa que estava agonizando.

_Oh, meu Deus! Lia esse amor que eu sinto por você queima, está me consumindo aos poucos, eu já não sou mais o que eu era antes de te conhecer. Esse amor dói demais no meu peito, eu quis arrancá-lo a todo custo e foi o jeito que eu encontrei para tirar essa paixão que eu sinto por você.

_E que culpa tenho eu Wayne?

_Nenhuma...

_Se você soubesse Wayne...

_O quê?

_Nada não. – dizendo isso retomou o caminho de volta. Ele seguia-a dizendo:

_Lia eu te amo.

As palavras não a faziam parar, ela continua o seu caminho sem olhar para ele que continua dizendo:

_Eu vou te ensinar a me amar, como eu te amo.

Lia para e se vira para ele, seus olhos se encontram no desejo crescente que sentiam, a separação entre eles foi como uma faca de dois gumes, que partia o coração ao meio jogando fora à metade e deixando-o incompleto.

Lia simplesmente se vira e vai embora, andando o mais rápido que podia, ele pega sua bicicleta e fica acompanhando-a de perto, ela entrou na casa subindo direto para o seu quarto, trancou a porta.

Wayne sabia que agora nada podia fazer, finalmente disse a ela o que sentia, as palavras saltavam de sua boca sem que ele conseguisse impedir, queria saber o que ela sentia a respeito dele. Queria consertar o que fez de errado, estava mais difícil do que imaginava se aproximar dela. A custo foi para o seu banho.

Olhava seu corpo no espelho e desejou que ela o tocasse com aquelas mãos delicada, com desejo absoluto, queria que ela o amasse, da mesma forma que estava amando.

Para um homem da sua idade, ele mantinha o corpo em forma e bonito, sabia que muitas mulheres que o conhecia, cobiçava-o, ele que nunca traiu sua esposa. Uma vez chegou a desejar uma bonita mulher que apareceu na sua vida, uma linda morena de olhos verdes, ele comparava a duas brilhantes esmeraldas que faiscavam toda vez que ela o olhava, ela era descendente de italianos, uma mistura bem exótica. Ele resistiu bravamente aos encantos dela, até que foi embora sem deixar rastros. Mas agora era totalmente diferente, envolvia pela primeira vez amor. Não era só o desejo físico ou atração que sentia por Lia, era amor verdadeiro. E era tão forte que chegava a doer em seu peito, estava tão triste com o que aconteceu e não ter conseguido protegê-la com gostaria, "nunca mais vou deixar aquele homem ou quem quer que seja chegar perto dela, bater ou outra coisa qualquer. Custe o que custar eu vou conquistar essa mulher".Ele pensava.

Aquela semana passou sem que Lia percebesse, não tocou mais no ocorrido, o padre veio visitar a família, se dirigiu a Lia com menosprezo na voz, apenas para pedir desculpas. Ela humildemente aceitou, mas, não quis fazer parte da conversa. Foi fazer sua ginástica sozinha, a aula de dança estava cancelada por determinação dela, todos na casa reparavam que ela havia mudado, não era mais tão brincalhona e não conversava tanto quanto antes, Lia mantinha-se afastada da família, ela fazia todo o serviço, ajudava as meninas com a matéria, tudo estava quase normal, apenas o Phillipe é que não aparecia. Ela não ligava mais para ele e vice versa, ele sempre tinha sido muito esquecido e relapso para essas coisas. A Susi sempre o lembrava de ligar para Lia, parecia a ela que tudo era mais importante para ele do que ela.

Resolveu se manter o mais longe possível do Wayne do que antes, sentia saudade, sentia a falta dos beijos, mas não se dava esse direito.

O dia do lançamento do livro da Helen chegou, prometia ser um grande evento no meio cultural, uma festa foi preparada com a ajuda do seu editor e do Wayne, todos estavam ansiosos, apenas ele era indiferente ao que acontecia. Fez de tudo para que sua esposa tivesse uma noite inesquecível e lhe deu carta branca para preparar a festa, que foi no salão do mais famoso hotel cinco estrelas de Londres. Lia não queria ir para não atrapalhar, o protesto foi geral.

_O que é isso Lia! – dizia a Helen – Você também faz parte de tudo isso, eu não teria conseguido fazer tudo a tempo sem a sua ajuda, e agora você vai querer me deixar sozinha? De jeito nenhum.

_Eu vou me sentir muito deslocada.

_Todas nós vamos. Você não vai estar sozinha. – diziam as meninas.

Lia deixou-se levar por elas, chamou o Phillipe para que a acompanhasse, como sempre ele não poderia ir, tinha uma palestra sobre historia contemporânea, a Helen lhe deu um vestido de presente, Lia achou que foi mais uma forma de se desculpar com o que aconteceu, ela aceitou de bom grado, afinal não tinha nenhum outro para ir a festa.

A bagunça nos quartos era outro episódio, uma trocava a outra, que mexia no cabelo da outra, e assim ia, estavam eufóricas, todos na casa iam, até a Teresa com o marido, foram em dois carros, a Helen levava um, ao qual Lia ia junto, o Wayne ia com o outro.
Ela percebeu o olhar dele sobre ela quando desceu as escadas com as meninas, ele elogiou de uma forma geral.

_Quantas mulheres lindas reunidas num só lugar. – Disse com o olhar sobre Lia que estava com um lindo vestido "tomara que caia" preto, os cabelos presos num coque e, um lindo colar que a Diane lhe emprestou se perdia no decote.

Lia tinha que confessar que estava nervosa, como se fosse ela que estivesse no lugar da Helen, ao chegarem ela foi super aplaudida por amigos, pessoas da imprensa e família, segurava o braço do Wayne, que a conduzia pelo salão, brindaram, Helen fez um discurso um pouco longo, todos pareciam que gostaram.

Lia sentia-se deslocada, pois não conhecia ninguém, via a Helen conversando animadamente com todos, Wayne com alguns homens e as meninas dançando com alguns dos rapazes presente. A Helen não queria dançar, por isso o Wayne apenas conversava, entre os seus amigos ela via como as mulheres o olhavam. A Helen não era feia, apenas não se cuidava tanto quanto ele estava bem bonita para a ocasião, as meninas viram que Lia não estava se divertindo nem dançando veio falar com ela.

_Lia por que não dança também? – Susi fala de modo desperentencioso.

_Com quem? Se pelo menos o Phillpe estivesse aqui!

_Eu já sei, você pode dançar com o papai. – Falou a Josiê

_Você está brincando. Ele tem que dançar com a sua mãe e não comigo.

_A mamãe não parece que quer dançar.

_Pode ser que não na frente de outras pessoas, mas eu não quero dançar também.

_Deixa que eu resolvo isso! – a Diane toma a frente e vai falar com a mãe

_O que ela vai fazer? - Lia pergunta

_Não sei!

Ficaram olhando ela ir até onde estava a Helen, fala alguma coisa que ela responde com um aceno de cabeça, depois vai até Wayne e o puxas pelo braço, todas acompanhavam com o olhar, via que ele resistia um pouco, mas logo cedeu, e veio com ela até onde Lia e as meninas estavam, seu coração batia forte no peito.

_Lia o papai dança um pouco com você. Que ainda não se divertiu nada.

_Não precisa...

_Eu também quero dançar, - Como queria ele lhe estendendo a mão – me dê esse prazer.

_Vai Lia! – Incentivavam as meninas.

_OK!- Pegando na sua mão, um arrepio percorria o

seu corpo todo quando ele a aperta segurando firme.

Logo que foram para a pista de dança a música que tocava parou e uma bem romântica começa, Lia espera a reação dele que enlaça a sua cintura puxando-a para ele, as meninas vão para pista com os seus pares, ele olhava para Lia que não conseguia encará-lo, sentia a respiração ficando mais rápida, ele também estava ofegante, olhou para a Helen que estava tão concentrada na conversa que nem ligou para eles.

_Não se preocupe, ela está distraída e não vai ligar que estou dançando com você.

_Você acha que estou preocupada com ela?

_Não está?

_Não! Estou preocupada com você.

_Por que comigo?

_Eu não entendo por que está dançando comigo, por que aceitou?

_Assim depois de tanto tempo eu posso tê-la nos meus braços. – Ele dizia em seu ouvido com o rosto colado ao dela – Esse perfume que você está é maravilhoso.

_Pare de falar assim comigo, por favor. Não estamos sozinhos.

_Eu queria que você me perdoasse pelo que aconteceu.

_Não se preocupe eu já esqueci.

_Eu não. Aliás, eu é que não me perdoei por ter deixado aquele homem louco sozinho com você.

_Por favor não me aperte tanto. Eu vejo algumas mulheres nos olhando. Acho melhor parar de dançar.

_Eu não estou ligando para elas, estou adorando ter você nos meus braços.

_Wayne por que fala essas coisas para mim? Você sabia que me magoa?

_Por que você é casado e muito bem casado, olhe para a Helen, veja como está contente e bonita, fez tudo isso para você tenho certeza.

_Agora é você que está me magoando. – Olhava para ela, a música acaba, ele continua com os braços envolta da sua cintura, começa outra música, continua a dançar com ela.

_Eu não quero mais você me falando essas coisas, por favor. Nós não temos o direito.

_O que você quer que eu faça? – Ele a aperta em seus braços - Eu tentei arrancar esse amor do meu coração, o que aconteceu foi o contrário...

_Por favor chega. – Lia dá um basta, se solta dos braços dele, ele fica sem saber o que fazer, volta para junto da meninas.

_Você e o papai dançam bem. – Disse a Susi.

Lia apenas sorri para ela. A festa se estendeu até bem tarde da noite, Lia e as meninas estavam cansadas, a Helen não parecia cansada e aproveitava cada momento, Wayne se prontificou a levá-las para casa.

Lia achou errado o Wayne sair deixando-a sozinha, ela estava rodeada de homens bonitos e cultos, estava se divertindo com antigos amigos que há muito tempo não via. Wayne parecia não se importar, chegaram em casa mais de duas horas da manhã, cada um foi para o seu quarto.

O calor daquela noite e os pensamentos que invadiam a mente de Lia, não a deixava dormir, desceu para a cozinha descalça sem fazer barulho, olhou no relógio da sala, passava das quatro horas da manhã, acendeu a luz, levou um susto ao ver o Wayne sentado na cadeira com as mãos sobre a mesa, ele a olhou e disse:

_Também não conseguiu dormir?

_Eu só vim tomar um copo de água. – Dirigiu-se para a pia, pega a água e toma olhando ele sentado, ainda estava com a mesma roupa, parecia que não tinha ido para o quarto, ele virava o copo brincando. – A Helen já chegou?

_Disse que vai dormir na casa de uma amiga.

_Você ficou chateado não foi?

_Não, mas para dizer a verdade estou preocupado com ela.

_Por que? Não confia nela?

_Não sei! Eu não confio nem em mim mesmo.

_Não se preocupe tanto, ela sabe se cuidar, eu tenho certeza.

Lia fala deixando o copo sobre a mesa, ia saindo quando ele se levanta e segura o seu braço.

_Por favor Wayne eu preciso ir...

_Fique comigo um pouco.

_Para que?

Ele enlaça a sua cintura fazendo com que ela chegue mais perto dele, acaricia o seu rosto e dizendo:

_Que perfume maravilhoso, você é maravilhosa Lia.

_Eu não...

_O que você sente por mim?

_Que diferença faz o que eu sinto?

_Para mim vai fazer muita diferença, eu não estou conseguindo mais ficar longe de você.

_Para com isso Wayne. – T em vão se soltar. – O que você quer com isso? Onde quer chegar?

_Eu quero chegar a você. Será que não percebe que eu estou louco por você?

_Como fica a Helen nessa historia? Ela me fez ensiná-la a te conquistar novamente, eu não posso magoá-la estando com você. – Lia empurrava-o com os braços

_Não fale nada Lia, não faz assim comigo.

Ele a prende mais ainda levando-a até a parede, forçava os lábios dela a beijá-lo, ela olha para ele com fogo no seu olhar, aos poucos vai caindo as suas defesas, ele a beija com vontade e desejo incontrolável, ela correspondia cada beijo, cada carinho que ele lhe fazia, a mão dele vai descendo até a fenda da camisola,

traspassando-a, acariciava as coxas levantando para ele, Lia enlaçou o pescoço dele puxando-o para mais perto, a mão dele vai subindo, olhava para os seios dela que estava amostra, ele toma com todo carinho em suas mãos, ela ofegava se deliciando com o toque, aos´ poucos os lábios dele tocam com delicadeza, Lia prende sua cabeça segurando seus cabelos estava presa a aquele homem e aos seus carinhos ousados, ele prendeu sua boca entreaberta desejosa dos beijos dele. Ele a satisfaz, cobrindo-a de beijos.

_Eu te desejo tanto, Lia. – Sua voz saiu rouca e apaixonada o que despertou o sentido de Lia.

Ela para de beijá-lo e o afasta.

_Por favor não!

_Eu não vou fazer nada que não queira.

_Então para o nosso bem não me beije mais, porque eu posso não resistir.

_Você quer dizer o que?

_Que eu não devo amá-lo.- Ela o empurra para longe dela

_Você me ama Lia?

_Sim, com tanta intensidade e violência que não consigo conter. Mas, para o nosso bem eu vou esquecê-lo.

_Como pretende fazer isso? Com aquele professor?

_É com ele sim. Ele me ama e é livre para me amar.

Ele chega perto dela apertando-a contra ele, segura os seus cabelos e diz:

_Eu não vou desistir de você, seja certo ou errado o que estou fazendo. Nunca na minha vida me senti assim e não vou deixar você com aquele homem. Só se ele passar por cima de mim.

Lia olha para aquele olhos azuis que tanto a encantava, acaricia o seu rosto e o puxa para um beijo ardente.

_Eu o amo Wayne e muito, mas por favor, me deixe em paz, pela nossa felicidade, e dos que amamos. Eu não quero ser a causadora da sua separação.

_E quem disse que eu vou me separar?

Lia olha para ele não acreditando no que ouvia.

_É claro que não vai.

_O casamento é para sempre, você deve ter aprendido isso.

_Claro que aprendi e concordo. Agora boa noite. - Ela se solta dos seus braços com o pensamentos em revolta. "Se ele não vai se separar dela, o que quer que eu seja?
Por acaso sua amante?" Pensava enquanto chegava ao quarto. Depois desse dia Lia não mais saia do seu quarto à noite.

Os dias foram passando, a Helen mudou muito depois que seu livro foi lançado, dava entrevistas a noticiários de rádio e televisão, estava vivendo um momento só seu, quase não ficava em casa, não tinha tempo, Wayne quase sempre a acompanhava, Lia não o encontrava mais com tanta frequência, organizava vários de seus livros e outras coisas para não ficar sem fazer nada.

CAPITULO VIII

Foi convidada a ir a uma palestra que o Phillipe ia dar, achou monótona, as pessoas eram tão insossas que a cansavam. Ao menos foi o que ela quis, para poder ficar mais com o Phillipe, a Susi acompanhava sempre os pais, as outras duas tinham seus namorados, ela acabava ficando sempre sozinha, mesmo achando tudo tão enfadonho ela o acompanhava nas palestras e nos estudos. Ele a apresentava como sua noiva, ia buscá-la todos os dias, Lia tentava em vão levá-lo para um lugar diferente, ele não ia, não podia fugir da sua agenda, a qual era escravo, seus compromissos estavam organizados um a um para a semana toda.

Seis meses já havia se passado, por conta do sucesso do seu livro, Helen estava com viajem marcada par os Estados Unidos, a família toda estava planejando tirar férias, queira que Lia fosse também, ela não quis e bateu o pé não aceitando o convite.

_Por que não quer ir Lia? – Dizia a Helen

_O Phillipe quer ficar noivo, e eu quero estar por aqui para ele não colocar mais compromissos na agenda.

_Então é serio o caso de vocês.

_Eu vou tentar. Ele parece que gosta de mim.

_Ele é apaixonado por você. Eu queria que você fosse, aliás o Wayne disse que fazia questão que você também fosse. Ele e eu não queríamos que você ficasse aqui sozinha.

_Não se preocupe que eu me cuido muito bem. E não vou ficar sozinha, o Phillipe disse que virá aqui todos os dias.

_Juízo, hein!

_Pode deixar.

Lia até preferia ficar sozinha na casa, tinha ideias a colocar em ordem. No dia da viajem as meninas estavam eufóricas, a Helen tinha o roteiro marcado no mapa, sabia todos os lugares por onde iam visitar, depois das entrevistar e outros compromissos, Lia ajudava com as malas, seriam vinte dias de alegria para elas, colocavam as malas no táxi que ia levá-los ao aeroporto.

_Tem certeza que não quer mesmo ir? – Disse a Susi

_Tenho certeza absoluta.

_Lia nós vamos visitar a estatua da liberdade, vai ser o máximo.- programava a Josiê

_Bom passeio para vocês meninas.

_Bom está na hora de irmos. – Finalmente era a Helen se despedindo - Se cuida Lia.

As meninas se despediram dela e foram para o carro, Wayne foi o último a sair, veio perto dela e por trás daqueles olhos azuis, podia ver a insegurança dele.

_Por que você não quer ir? Eu não vou ficar sossegado em saber que você está aqui sozinha.

_Não se preocupe, a Teresa está aqui também. Eu vou ficar bem.

_Cuidado com o professor também! – Diz aproximando do rosto dela, segura-o e deposita um beijo carinhoso no seu rosto, olha para ela com ternura e diz em seu ouvido. – Qualquer coisa me liga eu venho correndo.

Lia lhe dá um sorriso, fica vendo eles irem embora. Entrou sentindo a solidão que se abateu sobre ela. A casa pareceu- lhe maior do que realmente era.

Nem todos os dias foram iguais, assim que chegaram o Wayne ligou, Lia não estava, tinha ido para a biblioteca com o Phillipe, ele procurava um livro antigo e raro.

Ficou sabendo quando chegou em casa, queria ter

falado com ele, ligou de volta, ninguém estava no hotel. Ligou no dia seguinte e falou com as meninas e a Helen, o Wayne como ficou sabendo tinha saído, disse que estava tudo bem por lá.

Wayne queria falar com a Lia e não conseguia, ficou sabendo que ela ligou através de suas filhas, a noite teve que acompanhar a Helen para uma entrevista. Ele estava sentindo saudade dela, e sempre saia para dar umas voltas e tentar esquecer um pouco o que sentia, sabia que era inútil porque em todos os lugares que ia algo o fazia lembrar dela. Seu escritório ficou fechado por aqueles dias, mas a secretária ficou com o seu telefone para qualquer problema que surgisse.

Sabia que era uma tremenda desculpa para voltar logo, depois de dez dias não aguentava mais ficar naquele País sem saber o que estava acontecendo com a Lia. Chegou no hotel e falou para Helen que estava se aprontando para uma entrevista.

_Helen eu tenho algo a dizer que vai ser um pouco chato para você.

_O que é Wayne fale de uma vez!

_Eu vou ter que voltar para casa antes da data prevista.

_Por que?

_A Crislaine minha secretária está em apuros com um cliente, eu liguei para o escritório e vou ter que voltar com urgência.

_Que coisa. Ela não pode resolver?

_Está tentando, mas o cliente só quer falar comigo. É que uma empresa muito importante, eu não posso deixá-lo na mão no meio do processo.

_Não, é claro que não. Ligue para casa e avise a Teresa.

_Fale direto com a Lia, a Teresa às vezes esquece de anotar os recados.

_A Lia não estava em casa, a Teresa me disse que ela

fica o dia todo com o professor.

Ele ficou pensando enquanto arrumava a sua mala, "vou acabar com isso agora".

Helen ligou avisando a Teresa que anotou o recado deixando-o perto do telefone.

Lia não sabia mais o que era se divertir, estava quase uma expert em historia, faltava apenas o diploma, sabia tudo sobre todos os Países, até aquele de que nunca ouviu falar e não sabia que existia. Estava tão enfadada com tudo, estava cansada dos cheiros dos livros e do silencio das bibliotecas, alegou ao Phillipe uma dor de cabeça e que tinha muito trabalho, e não podia ir com ele, aqueles dias estavam preenchidos para o resto de sua vida, queria descansar, ao chegar em casa não viu o bilhete deixado perto do telefone, foi direto para o seu quarto e vestiu uma roupa bem leve, dirigiu-se ao estúdio, fazia muito tempo que não ia até lá. Limpou o local colocando um tapete no chão para praticar um pouco de tai chin chuan, arte chinesa de relaxamento que ela adorava fazer. Estava concentrada no que fazia sem perceber que algo a sua volta acontecia.

Wayne sabia que estava chegando mais rápido do que previa, o voo que conseguiu foi anterior ao programado, chegaria com três horas de antecedência graças a uma senhora que esperava a filha, ele se prontificou a trocar com ela a passagem. Pegou um táxi logo que chegou no aeroporto, já passava das dezenove horas, chegou em casa e viu que luz estava acesa, pegou sua mala indo a direção ao lado da casa, parecia que estava adivinhando que ia encontrar Lia dançando.

Olhou pela janela e não conseguiu ver devido a uma pequena cortina que ela tinha posto. Caminhou até a porta, abriu-a vagarosamente, entrou e viu que ela fazia movimentos lentos e suaves que ele não reconheceu, vestia um lindo vestido leve que lhe dava um ar sensual, seu coração estava acelerado ao vê-la novamente, deixou sua mala no chão, viu que ela não tinha se dado conta da sua presença fechou a porta em devagar, quando virou a chave, o barulho chamou a atenção dela, que se virou para ele surpresa, não acreditando que ele estava ali na sua frente, levantou do chão e lhe disse:

_Você voltou! – Diz ao ver a mala dele no chão.

_Apenas eu voltei.

Ela foi chegando perto dele parecia não acreditar no que via.

_Por que a Helen e as meninas não estão com você?

_Decidiram ficar mais um pouco e cumprir todo o roteiro programado.

Ficou olhando para ele sem saber o que fazer ou o que responder, ele foi chegando até ficar na sua frente e dizer:

_Eu estava com saudades de você.

Olhava sem desviar seus olhos do dele, que acariciou o rosto dela.

_Eu também estou com saudades de você e muita.

_Onde está aquele cara, o Phillipe?

_Dando uma palestra.

_E você não está com ele por que?

_Estou cheia de toda essa conversa de historia e de livros.

_Mas você gosta. – Concluiu em tom enigmático

_Gosto, mas tudo tem limites.

_Que bom que você não foi, assim eu pude encontrá-la aqui.

Lia ficou sem saber o que dizer, as palavras certas não queriam sair, sentia a mão dele tocando o seu cabelo, o que lhe provocava um arrepio imenso.

_Eu... já...ia voltar para casa.

Faz um gesto para sair, ele a segura.

_Onde você pensa que vai?

_Eu lhe disse, vou para casa. – Ela se solta dos seus braços e vai guardando os CDs, ele chega perto dela e a impede de desligar o rádio.

_Deixa tocar. – Ele pega uma cadeira e senta falando a ela.

_Dança para mim!

Ela olha para ele e lê a expectativa nos seus olhos, via ele cruzando os braços sobre o peito e ficou esperando por ela.

_Vou pensar. – Depois de alguns minutos de silencio, caminhou em direção a porta, prendeu os cabelos, parou com a mão sobre a fechadura, vira-se para ele, que estava sentado olhando para ela. Sabia que não devia ceder aquele pedido, mas amava muito aquele homem como nunca amou em toda sua vida.

Lia foi caminhando com altivez no olhar, deixou que a música fluísse e tomasse conta dela, abaixou o tom da luz, deslizou sensualmente para perto dele, soltou os cabelos, fazia movimentos de braços e pernas levantando e olhando diretamente para ele.

◆ ◆ ◆

Colocou a sua perna sobre a dele, ele tentava segurá-la, ela conseguia escapar de seus braços, sentou no chão fazendo movimentos insinuantes e sensuais, passava as mãos em suas pernas, colocava para fora tudo o que nunca fez mas, que ensinou as outras mulheres a fazerem. Foi chegando mais perto dele que a segurou firme.

_Agora você não me escapa. – Colocou-a em seu colo, demonstrava como estava excitado com toda aquela dança. – Você é minha Lia, somente minha.

Beijou-a com certa selvageria e desejo, levou-a para o tapete estendido no chão, ficaram ajoelhados um de frente para o outro, ela acariciava seu peito másculo totalmente carente daquele prazer que ele lhe dava. Wayne deslizava suas mãos por sobre o vestido chegando aos botões, abria um por um, até chegar ao último, deixou-o cair por sobre os ombros dela, ficou olhando-a naquela roupa íntima. O desejo se apoderava dele de uma forma que nunca lhe aconteceu. Todas as resistências de Lia caiam por terra, o coração aos saltos, quase perdeu o fôlego.

_Eu te amo tanto Lia. Desejo-te com tanta intensidade, quero que você seja minha. Mas não vou fazer nada de que não queira.

_Você sabe que eu te quero muito Wayne.

_Eu quero fazer amor com você Lia. Será que você quer o mesmo que eu?

_Sim querido, eu quero e muito...

Com os lábios entreabertos ela oferecia a ela a possibilidade de ser totalmente dele, ele toma seus lábios com a fúria de sua língua ao penetrar em sua boca, o corpo dela arqueava para trás deixando seus seios perto do rosto de Wayne, tira-lhe o sutiã jogando-o longe, toma os seios delicados de bico rosados.

_Eu...sempre quis você amor. – Sua voz soou segura e confiante, sabia que o seu desejo mais íntimo ia ser realizado. Sentia o perfume que o corpo dela exalava - Eu adoro o seu perfume, adoro tudo em você.

Lia colocava suas mãos envolta de seu pescoço, afundando os dedos nos cabelos dele puxando-o para si, o beijo ficava mais ousado, experimentava um sensação de abandono nos braços dele, parecia que nada importava naquele momento que era só deles.

Wayne sabia que nunca lhe ocorrera algo semelhante, a paixão que o invadia consumindo seu corpo de forma agradável pressionava seu corpo contra o dela sentindo os seios arfando de encontro a sua camisas. Lia desliza suas mãos pelo peito dele, aos poucos vai desabotoando sua camisa até tirá-la por completo, chegou até a fivela da calça e abria, sentia o corpo másculo e rígido contra o seu, Wayne sentia uma explosão de emoções que despertavam o seu instinto masculino, era como um animal que acabara de conseguir a presa que tanto ansiava. Num convite sensual, tirou-lhe as calças, moveu-se para o tapete deitando, ele olhava para ela louco de desejo.

_Você é bem especial querida.

Com os olhos fechados e a respiração entrecortada pelo desejo de tê-lo, Lia puxava-o para si. Com carinho ele deita-se sobre ela que estremecia diante daquele contato com o corpo quente de Wayne.

_Adoro quando você se entrega.

Dizia com voz rouca chegando aos seios arredondados, roçando sua língua, Lia arqueava o corpo convidando-o a acariciá- los com mais empenho. Ele parecia um imã que a atraia para si, deixou-se levar por aquela loucura. Wayne beijava todo o corpo dela vendo-o todo arrepiado com o toque de seus lábios, chegou até a minúscula calcinha que ela usava, tirando-a com uma certa urgência. Lia acariciava os ombros dele mordiscando, cravava suas unhas num desejo de ser possuída por aquele homem, ele lhe acariciava deixando-a mais desejosa, queria sentir ela por inteira e gostava de vê-la tremendo em suas mãos com os olhos fechados e a respiração mais rápida. Chegou ao ventre macio e quente tocando de leve com a sua língua, o perfume era o mesmo do corpo todo, foi com mais vontade sentindo-a tremer cada vez mais, Lia sentia sensações que jamais conheceu, a língua dele a explorava com sofreguidão e desejo.

_Wayne...

Havia uma certa ternura selvagem naquela voz, ele estava consciente de sua ânsia de conhecer o corpo de Lia, adorava cada pedacinho que encontrava, sentia-se dominar por aquela frenética paixão. Não se contendo mais desliza seu corpo por sobre o dela moldando-se. Lia queria conhecer o prazer ao lado daquele homem.

Antes de possuí-la beijou-a com uma certa brutalidade.

_Você me seduziu Lia, agora eu quero só você para satisfazer esse desejo que está corroendo o meu corpo.

_Me ame...Wayne...Faça-me sua...

Ele examinava-a com um sorriso nos lábios, sabia que o corpo dela desejava-o tanto quanto o dele desejava o dela.

_Vou lhe dar muito prazer...prometo.

Os beijos dele atiçaram o fogo nas veias fazendo-a entregar-se de corpo e alma, ele parecia que brincava com o seu corpo.

_Me ame...- Dizia aumentando o clima sensual que os envolvia.

Diante do apelo que ela lhe fazia, colocou sua perna por entre as coxas macias e, penetrando-a, fez o seu maior desejo se cumprir, sentia a suavidade do corpo de Lia, pareciam que eram feitos um para o outro, encaixe perfeito e absoluto, faria tudo de novo se fosse para ter essa mulher em seus braços. Amoldavam-se num movimento harmônico, provocante, aumentando a onda de prazer. Lia tremia dos pés a cabeça, sentia ele dentro dela a cada movimento que fazia. Olhou para ele e viu que ele correspondia, segurava-a com força nos seus braços, beijou-a com delicadeza, o clímax foi chegando, tocou os seios dela e sentiu os mamilos enrijecidos, vibrou com o aquele toque, forçou-a acompanhá-lo, seu corpo dizia o quanto a amava, ele a possuía com um desejo incontrolável, ela seguia seu ritmo alucinado, suas mãos grandes percorriam seu corpo pegando seus seios sugando-os com vontade.

_Eu te amo... – Dizia ele ao pé do ouvido

_Me ame Wayne, do jeito que você queria.

Lia forçava o ventre contra ele, sentindo o pulsar dos sexos. Ele a olha estreitando-a nos seus braços, beijou com ternura.

CAPITULO IX

Aquilo tudo era uma perfeita loucura, os dois estavam assinando a sentença de culpados por amar demais um ao outro. Nenhum dos dois pensava em nada que não fosse em si mesmos, horas depois sentiam o prazer levando-os por caminhos absolutos e inesperados. Entregavam-se aquela sensação saciando seus desejos, pararam por um instante para se olharem. Lia via como ele estava molhado de suor, passou no seu rosto enxugando. O clímax tinha sido adiado por muito tempo, o máximo que podiam e, a todo custo, possibilitando um prazer maior.

_Você é o máximo. – Sussurrava Lia

_E você é tudo e muito mais do que eu pensei que fosse.

_Você tem ideia do que acabamos de fazer?

_Tenho! – Diz com convicção na voz - Era algo que eu esperava e queria há muito tempo,

_Você é maluco sabia? Mas eu te adoro.- Sorria para ele que incapaz de resistir deu-lhe um longo beijo.

_Cada sorriso seu me faz viver o que eu sempre quis viver, é uma fonte de inspiração para mim. Adoro vê-la sorrindo.

_Me faz sua de novo Wayne, para que eu não me esqueça nunca desse dia.

_Você acha que não haverá mais dias como este?

_Que eu posso esperar do futuro?

_Eu te quero tanto menina. Amo-te tanto, com tanta intensidade. – Acariciava seus cabelos, apertando-a nos seus braços – O que eu sinto é muito forte não consigo segurar essa barra sozinho, agora que você é minha de corpo e alma vou fazer de tudo para que ninguém nos separe.

_Como pretende fazer isso? Acha que vai ser fácil?

_Eu sei que não e, sei também que não vou querer ficar longe de você. – Ele se vira, pois estava ao lado dela, olhava-a de frente, com os dedos acariciava o corpo de Lia – Eu não vou aguentar vê-la com aquele professor. Por favor não desista de mim, aconteça o que acontecer.

_O que me pede é tão difícil. Será que eu consigo?

_Estarei ao seu lado amor, eu preciso de você, não só hoje, mas, para sempre. Você fugiu de mim por tanto tempo, me deixou quase louco de ciúmes quando começou a sair com esse tal professor. – Ele a encarava fazendo com que ela o olhasse segurando em seu rosto.- Você já fez com ele o que fizemos?

Lia olha para ele com ar de brincadeira, apesar da seriedade da voz dele.

_Por que quer saber?

_Quer dizer que já fez? – Ele se levanta zangado, ao se virar ver que Lia sorria, vem por cima dela sabendo que estava provocando ele. – Você me assustou, nem por brincadeira diga que fez amor com aquele homem, eu te vi beijando ele outro dia e quase fui em cima dele.

_Wayne chega de falar sobre ele e me beija.

Lia o agarra pelo pescoço puxando-o para um beijo ardente, seu corpo ainda sentia o tremor que ele lhe despertou momentos atrás.

_Você não quer entrar?

_Agora não quero mais. Quero ficar aqui com você.

_E se eu for para o seu quarto? Você entra e deixa a porta destrancada, vou até quando a Teresa for dormir.

_Que engenhoso meu Deus! Que tal se você fosse tomar banho comigo?

_Me espera que eu vou. – Ele a beija ajudando-a a se vestir, sai do estúdio levando consigo a sua mala, faz como se tivesse acabado de chegar.

Depois de um tempo Lia também entra, estava subindo para o seu quarto quando a Teresa chama a sua atenção dizendo:

_O senhor Wayne acaba de chegar. Lia

finge surpresa.

_A dona Helen também?

_Não ele voltou sozinho. Disse que não quer jantar e se recolheu ao seu quarto.

_Eu vou fazer o mesmo, se você quiser já pode fechar a casa e ir dormir, eu não vou sair.

_Então é o que eu vou fazer, estou com uma terrível enxaqueca.

_Faça um chá bem forte e vai deitar, amanhã estará melhor. Boa noite.

_Boa noite.

Lia vai para o seu quarto fechando a porta atrás de si, encheu a banheira colocando sais de banho, tirou a roupa quando sente dois braços fortes a enlaçando, se vira para ele que apertava, recebendo-a com um beijo macio e delicado, aos poucos vai tirando o laço do roupão que Wayne vestia até que caiu no chão. Entrou na banheira acompanhada por ele, senta de costas deitando em seu peito, ele pega o sabonete passando no corpo dela dizendo em seu ouvido:

_Você deve saber que seu corpo me fascina, você não precisa fazer nada para que eu a deseje, mas confesso que gostei da dança que você fez para mim.

_Gostou mesmo?

_Gostei tanto que queria saber o que você faria se tivesse que me conquistar. Qual seria a sua arma.

_O que eu posso dizer-lhe se é surpresa.

_Eu adoro surpresas.

_Você quer a surpresa hoje ou amanhã?

_Amanhã. Hoje eu já tive a mais maravilhosa surpresa da minha vida. Só ter te encontrado sozinha e ter você para mim é muito mais do que eu sonhava.

Ele a pega no colo levando-a para cama, enxugava o seu corpo com sensualidade e carinho, tomou-a para si fazendo-a gemer em seu ouvido.

_Diz o meu nome amor...diz... – Pedia com a voz rouca de desejo

_Wayne me ame...Wayne...- Estava ofegante de tanto prazer que ele lhe proporcionava. Fizeram amor a noite toda.

Wayne era carinhoso e maravilhosamente ardente com Lia, eles estavam se completando como se fossem amantes há muito tempo. Os dias que se seguiram foram normais, para não levantarem suspeitas sobre eles, Wayne ia para o escritório voltando ao final da tarde, não se reclamava em ter que retomar o trabalho, o melhor vinha quando chegava em casa e encontrava Lia toda perfumada esperando por ele em seu quarto. Ela para não ficar sem o que fazer, colocava em ordem os livros da biblioteca e os do escritório de Helen, não ligou para o Phillipe e não atendeu o seu recado para ir a uma palestra sobre o Império Romano que ia fazer na faculdade. Ele tinha deixado vários recados, a Teresa sempre dizia que ela estava ocupada, jantava sozinha sempre, não ficava sozinha com ele na sala ou no escritório, pedia o seu café depois de jantar e ia para o seu quarto, esperava alguns momentos e se dirigia para o quarto de Lia que sempre o recebia de braços abertos.

Para os dois amantes os dias foram maravilhosos, nunca iam esquecer, mas, os dias estavam acabando logo Helen e as meninas iam voltar e a sua rotina também, não sabia como ia fazer para ter ele novamente, não deixava que esses pensamentos tomassem contra dela para não estragar os momentos felizes com Wayne.

Wayne demonstrava que estava feliz, até a Teresa que nada desconfiava falou que as poucas férias fizeram bem ao patrão, como ela disse a Lia. Na última noite juntos foi estupenda para eles. Wayne estava mais carinhoso do que nunca, tudo o que ele fazia Lia adorava, ele tinha dormido em seu quarto todos aqueles dias.

Estavam abraçados na cama conversando.

_Você é tão carinhosa amor, tão compreensiva, sempre foi assim ou é apenas comigo?

_Sempre fui assim. – Diz sorrindo para ele. – Você também é muito carinhoso e romântico.

_Eu quero você só para mim hoje.

_Se você quiser eu tiro a roupa para você...

_Não! Eu faço isso minha fixação de amor.

Ele se vira para olhá-la deitada naquela cama, afasta os cabelos dela, vai desabotoando os botões da sua blusa sem tirar os olhos dela, afasta a blusa deixando amostra os seios firmes, não os toca, apenas olhava para eles embevecido de prazer, tira a saia que ela vestia arrastando por entre as coxas firmes e delgadas, Lia sentia tudo com um frenesi no corpo todo, ele tira sua calcinha com uma lentidão que parecia a ela que ele estava adiando o grande momento, passou por sobre os pés pegando-os e mordiscando, sentia um prazer percorrendo todo o seu corpo como uma descarga elétrica. Afundou seu rosto no ventre quente e convidativo dela, segurava as coxas firmes fazendo com que ela se rendesse a ele naquele convite ao êxtase. Lia roçava levemente os bicos dos seios no cabelo farto de Wayne, ao se aproximar sua boca, ele os toma sugando-os com vontade.

_Me ame... Wayne...eu sou toda sua.- Falava gemendo Seus braços enlaçaram o corpo dela apertando os seios contra ele, beijou-a com um ardente desejo, as línguas se encontraram numa profunda harmonia. As mãos dela deslizavam para as coxas musculosas dele, subiam e desciam, com um movimento atrevido, sentia o membro rígido contra si.

_Eu quero ver cada pedacinho de você, sentir o seu perfume maravilhoso, o seu gosto delicioso, você é tão feminina, tão mulher que me faz sentir cada vez mais homem.

Ele percorria o corpo suave de Lia, às vezes beijando,

às vezes mordendo carinhosamente, chegou até os seios, que ele tomou em suas mãos, fazia movimentos circulatórios com a sua língua, ela gemia de desejo. Lia perdeu a vergonha e começou a acariciá-lo, chegou até o seu membro, sentia toda a masculinidade daquele homem, lentamente tocava-o com vontade, sua língua passeava por ele sentindo o imenso prazer que a ele.

_Eu...te...desejo...sou todo...seu...

Dizia gemendo de intenso calor expondo todo o seu desejo por ela, levando-o ao delírio.

_Deixe me amá-la também...Lia...

Via o membro rijo exposto ao seu desejo, toda aquela força e masculinidade. Sentiu uma sensação de urgência, queria senti-lo dentro dela novamente.

Ele tocou de leve seu sexo.

_Queria saber se estava pronta.

_Estou...há muito tempo...

Como não podiam mais adiar, ele foi penetrando-a com desejo ardente, os dois se tornaram um, ele era seu agora mais do que nunca Lia sabia disso, nada podia separá-los, o ritmo crescia, sentia-o dentro dela se aprofundando, estava agora alucinada com o desejo que a invadia, a paixão foi seguindo uma harmonia cada vez maior, sentia todo o seu corpo tremer diante dele. Ele mexia lentamente para sentir o corpo dela, que parecia estar cada vez mais fragmentado. O coração batia cada vez mais acelerado, a respiração ofegante, os dois foram se entregando a todas aquelas sensações até que o clímax chegou levando os dois ao mais perfeito orgasmo.

_Você só pode ser um sonho, amor. – Sussurrava Wayne. De dia ou de noite o amor se completava, ainda unidos, resistiam a se separaram, entregavam-se um ao outro com prazer, brincavam na cama e trocavam caricias, o tempo todo conversavam sobre o que estava acontecendo com eles naquele momento, o futuro era algo que nenhum dos dois queria tocar.

O sol já estava quase raiando quando dormiram exaustos, a felicidade imperava naquele quarto. Mais tarde, com a manhã avançada não queriam se levantar resistiam o máximo que podiam, quando acordou Wayne beijou-a suavemente para que ela também acordasse.

_Bom dia bela adormecida.

_Humm! Eu quero dormir mais um pouco. – Dizia abraçando-o, ele tenta se soltar dos seus braço.

_Amor preciso levantar. Hoje é sábado, eu tenho que ir ao aeroporto.

Lia se dá conta que os dias com ele tinha terminado, tinha que ir buscar a Helen e as meninas no aeroporto, deixa-o sair, para ir ao banheiro.

_Venha tomar um banho comigo amor.

Ela ficou um pouco triste sabendo que era o último que tomariam juntos.

_Eu irei logo. – Disse com a voz um pouco abafada Wayne percebeu que ela estava triste, beijou-a suavemente no rosto e acariciou seus cabelos.

_Venha amor, não fique assim. Vamos ter muitos momentos assim, você verá.

Ela o acompanha até o banho, não resistiram e sabendo que ainda tinham tempo foram para cama fazer amor mais uma vez.

Lia foi com Wayne buscar a Helen e as meninas no aeroporto. Quando chegaram ela ficou um pouco atrás para que ele tivesse o seu momento com a família, logo as meninas vem correndo em sua direção para um longo abraço cheios de beijos, todas eufóricas com a chegada, estavam cheias de presentes e muitas novidades. Lia percebeu que Helen estava diferente, não soube dizer o que exatamente, diria que estava renovada e feliz, com ela logo mais atrás, vinha um homem ao qual foi apresentada.

_Lia eu quero que você conheça um amigo de longa data. Seu nome é Oliver Collemam. Oliver está é a Lia, minha assistente.

_Muito prazer.

_O prazer é todo meu em conhecer uma moça tão bonita. Lia ficou olhando para aquele homem de beleza comum, seus olhos azuis, cabelos brancos, mais ou menos a mesma idade do Wayne, com a aparência bem descuidada, alto e forte, Lia o avaliou com um gordinho, fora de forma, com a barriga um pouco saliente. Helen contava a nós que o encontrou no voo de volta, ele pegou sua mão beijando na despedida.

Wayne não soube explicar a si mesmo o que estava sentindo com a volta da sua mulher, aquela semana foi tão maravilhosa que ele queria mantê-la para sempre em sua vida, sabia sobre o seu amor que aumentava a cada dia por aquela mulher carinhosa que lhe fazia sentir-se um homem realizado e feliz. Não queria perdê-la para ninguém, mas pensava em como ia ficar com ela sem prejudicar seu casamento, não era o que ela merecia, apenas era tudo o que podia lhe oferecer. O dia da separação chegou o mais rápido do que ele queria, com uma dor no coração estava voltando para casa, via pelo retrovisor do carro Lia que brincava com suas filhas, ela parecia tão jovem, e ao mesmo tempo sabia ser mulher.

Não soube dizer a si mesmo se a felicidade chegou ou não ao fim.

Não imaginava que depois de deixar a esposa, ela fosse reencontrar o seu antigo admirador, percebeu como ela estava diferente, fisionomia mudada, feliz e conversava animadamente com o Oliver, homem galanteador de quem nunca gostou, ele se achava o máximo com as mulheres, tinha sido namorado da Helen antes dele, quando estavam na faculdade, sempre teve ciúmes dele, porque conseguia fazer a Helen se sentir jovem e feliz, ela se realizava perto dele que a cobria de elogios rasgados, não importava quem estivesse por perto, ele fazia ela ser sempre o centro das atenções. Deixou as mulheres em casa e foi para um bar onde sempre encontrava um amigo seu.

_Como vai Wayne? Nunca mais apareceu por aqui.

_Olá Jensem, como está a Doris?

_Não sei, eu me separei dela há algum tempo.

_E quando foi isso? Eu não fiquei sabendo.

_Faz oito meses. Ela voltou para a casa dos pais.

_Você soube que o Oliver voltou?

_Eu sabia que ele ia voltar, ele sempre me liga para contar as novidades culturais.

_Por que ele voltou?

_Vai morar aqui agora.

_Por que?

_Ele se separou, entrou em depressão, a sua mulher lhe tirou quase tudo o que tinha. Você sabe que nem todos os escritores estão em alta. No caso dele escrever apenas poemas não tem lhe rendido muito. O que não acontece com a sua esposa. Ele aceitou o convite do reitor Henry de lecionar literatura na faculdade.

Depois de tempo conversando com o seu amigo resolveu voltar para casa, no caminho pensava que agora que o Oliver estava separado podia ficar andando com a sua esposa, os dois eram do meio literário, frequentavam os mesmos lugares, até a academia de letras, era a última coisa no mundo que ele esperava acontecer na sua vida, foram anos de luta e sacrifícios para conquistar a Helen, estava com muitas coisas na cabeça, deitou pensando, sua esposa dormiu assim que se encostou ao travesseiro, achou estranho, fazia mais de dez dias que estavam separados e, ela não demonstrou que sentiu nem um pouco de saudades dele, à noite no jantar todas estavam como antes, parecia que tudo voltava ao normal, olhava a Lia que lhe pareceu estar mais bonita e feliz, conversava alegremente com a Helen sobre as mudanças que fez no escritório. "ela está feliz com o que nos aconteceu".Pensava enquanto ouvia tudo calado.

_Lia como você teve tempo para tudo isso e ainda namorar? É porque eu ligava aqui e a Teresa dizia que você tinha saído com o Phillipe.

_Eu saia sempre com ele, mas eu não ficava o dia inteiro com ele. Com as férias ele resolveu, ao invés de descansar, fazer palestras e fez várias, até estudou outras culturas.

Lia procurou mudar logo o assunto, Helen logo foi deitar alegando cansaço da viajem, Lia fez o mesmo.

No dia seguinte tudo voltou ao ritmo normal da casa, as meninas foram para a escola, ela e a Helen foram para o escritório ver o que foi feito, ela gostou muito das mudanças, saiu dizendo que tinha um compromisso inadiável e só voltaria logo mais à tarde.

Na hora costumeira das aulas de dança apenas as amigas da Helen participaram, ela foi ver o jantar, tinha convidado o seu amigo Oliver para jantar.

_Lia não se atrasa, eu quero todos na sala de jantar no horário.

_Pode deixar que eu estarei lá na hora marcada. Helen contou às amigas o que aconteceu com ela, e como tinha sido o seu encontro com o Oliver, ela falava dele com uma voz bem empolgada, os olhos dela chegava a brilhar. Lia terminou a aula antes do horário para dar tempo de se aprontar, subiu logo para o seu quarto e foi para o banho, vestiu um vestido leve e desceu, viu que Helen estava no telefone e não parecia muito feliz, dirigiu-se para a sala de estar onde estava as meninas e o Wayne.

_O que foi que aconteceu mãe? Você parece triste. Disse a Susi quando a Helen desliga o telefone.

_O Oliver pede desculpas, não vai poder vim. Está com um problema de gastrite, não pode comer certas coisas.

_Ah, que pena! – Falava de um jeito melodramático – Quer dizer que o nosso ilustre convidado tem problemas de gastrite?

_Para com isso Wayne. O caso é bem grave, ele pode ter todos os defeitos, você não gostar dele mas, é meu amigo e sempre esteve ao meu lado quando eu precisava.

_E quando foi isso?

_Eu não quero discutir com você na presença da Lia e das meninas. – Olhou para elas dizendo - vamos jantar meninas.

◆ ◆ ◆

Dirigiram-se para a sala de jantar, Lia percebeu como Helen ficou realmente triste por causa do Oliver, parecia preocupada, começou a conversar mudando o assunto para as meninas, à conversa ia bem até que Susi disse algo sobre o Phillpe que mudou o tom da conversa.

_O professor estava triste hoje na sala de aula.

_Porquê? O que aconteceu Lia?

_Eu não sei, eu não conversei com ele...

_Você não ficou com ele todo esse tempo?

_Fiquei...

_E qual será o motivo da tristeza dele?

_Eu não cheguei a falar com ele – ia dizendo a Susi - que saiu apressado da sala, deixando todos pasmos, ele é sempre o último a sair, fica sempre para tirar dúvidas sobre a matéria.

_Liga para ele Lia, pergunta o que está acontecendo. Um homem bom como esse, vai ser difícil de encontrar.

Lia apenas ouvia o que a Helen dizia sem dizer nada, mudou de assunto e logo saiu da mesa, foi dar uma volta no jardim, queria pensar e colocar a cabeça no lugar e em ordem fervia todos os tipos de pensamentos, não sabia o ia fazer dali para frente, "o que posso esperar do futuro? O que eu posso fazer?" Pensava enquanto caminhava, com a esperança do Wayne aparecer, voltou para casa, pois ele não apareceu, ao chegar em casa soube que ele e a Helen tinham ido dormir, resolveu fazer o mesmo, na escuridão do quarto chorava sozinha, se condenado por ter vivido dias que jamais deveriam ter existidos.

CAPITULO X

Virava na cama tentando encontrar aquele homem que lhe fez a mulher mais feliz por alguns dias, e que agora voltou a desaparecer deixando-a sozinha. A tristeza invadia como um manto, que cobria todas as suas esperanças de felicidade, "o meu príncipe continua encantado".Brincava consigo mesma olhando para o seu lado da cama onde tinha dormido o Wayne.

Realmente a rotina voltou para todos, aquela semana foi de muito trabalho com a Helen que tinha novas ideias na cabeça, escrevia um novo livro, o Wayne se afastou de todos, não conversava com Lia e mal a olhava desde que a Helen voltou, parecia feliz e distante, era o que ela pensava, Helen lhe contava sobre o livro e sobre a viajem, como renovou o seu casamento e suas forças para continuar o trabalho.

_Eu não preciso mais da dança Lia. Eu sei que agora eu sou muito mais confiante do que antes, e devo tudo a você.

_Que bom que tudo deu certo. Eu estou realmente feliz por você.

Era verdade, queria ver a felicidade dela, afinal era sua amiga, não importava o que tinha vivido, o sonho tinha acabado, foi muito bom enquanto durou. Helen não quis mais fazer as aulas de dança apenas as amigas delas é que estavam gostando e estava dando certo, elas conseguiram perder a inibição e dado um animo a mais no casamento.

A vida de Lia mudou quando recebeu um telefonema do Brasil, era sua irmão pedindo que fosse o mais breve possível, o seu pai tinha falecido. Foi um choque terrível que mexeu com todos naquela família. Helen lhe deu autorização para ir e ficar o tempo que quisesse.

_Lia pode ir que eu dou conta das coisas por aqui. Se precisar de algo nos liga, está bem?

Balançou a cabeça afirmando.

_Eu vou levar você, e quando voltar avise que eu mesmo vou lhe buscar. – Disse a ela o Wayne pegando a sua mala.

Ele a levou até o aeroporto com meia hora de antecedência queria ficar sozinho com ela para poder confortá-la.

_Eu queria poder ir com você. – Abraçou-a tomando em seus braços, ela deixou que a segurança dos braços dele a envolvesse com carinho. – Mas eu não posso, eu espero que você fique bem, eu sei que você é bem forte e vai superar tudo isso.

Ela olhou para ele, com carinho ele enxugou as lágrimas dos olhos dela e a beijou com ardor, foi com o coração apertado que ele a deixava ir sozinha.

_Obrigada Wayne por tudo.

_Volta logo.

Abriu a porta do carro para ela, deu-lhe um último e dolorido beijo de adeus, Lia foi embora acenando para ele, deixava para trás aquele homem que tanto amava, para ver outro que sempre foi seu mais leal companheiro, ia sentir muito a falta do pai, tinha que estar inteira para dar força aos seus irmão que estavam sofrendo tanto ou mais do que ela, que estava tão longe dele. Foi a pior fase da vida dela, até pior do que a morte da mãe que a abalou muito, mas todos estavam esperando algo ruim, ela sempre fora uma mulher doente, mas no caso do seu pai foi um choque que não tinha tamanho.

Lia ficou em um estado horrível, quase desmaiou quando o viu, no enterro teve que ser amparada por membros da família por que desmaiou duas vezes, foi até medicada. Passou vinte dias no Brasil apenas se recuperando, avisou a Helen que não podia voltar enquanto não estivesse melhor e não tivesse resolvido a questão da herança com os irmãos.

Grande foi a sua surpresa quando voltou.

Wayne sempre soube que o casamento era para sempre, no seu conceito só existia um, não importasse se o homem ou a mulher vivessem algumas aventuras que não tivessem consequências era até tolerável. Depois que deixou a Lia no aeroporto encontrou um amigo da família que ele sempre via na igreja aos domingos com a esposa. Ele estava com malas e para a sua surpresa com outra mulher que ele nunca tinha visto, foi em sua direção e caminhava de forma que olhasse o casal, chegou até eles.

_Hoggett! – Chamou

O homem se virou e pegou lhe a mão para um cumprimento sem pudor algum disse:

_Oi Wayne você por aqui?

_É eu vim trazer a assistente da Helen que teve que viajar as pressas. – Falava olhando para a moça que segurava o braço do seu amigo, sabia que Hoggett era bem mais velho do que ele e a moça parecia ser um pouco mais nova do que a Helen.

_Eu quero te apresentar a Isabelita, ela e eu estamos indo para a Itália visitar os seus parentes.

_Vai viajar a serviço?

_Não! – O homem deu uma pausa e olhou para a moça depois para o Wayne e completou – Eu deixei a Suellen, entramos com o divórcio. Estou indo embora para a Itália de vez. Vamos nos casar, estamos apaixonados.

_Na sua idade? – Questionou Wayne

_O que é isso Wayne! Se um dia você amar alguém de verdade vai saber o que eu estou sentindo. – abraça a moça ao completar – Ela veio para me fazer feliz, você não sabe o que era a minha vida com a Suellen.

_Eu lhe desejo boa sorte e que não se arrependa do que está fazendo.

_Isso eu garanto que não vai acontecer.

_Você é corajoso.

_Não se trata de coragem, mas de amor que é para sempre, o casamento nem sempre é, principalmente se o amor e o respeito acaba.

_Bem preciso ir, boa sorte de novo.

_Para você também.

Wayne foi embora não acreditando que aquele homem teve coragem de acabar com um casamento de mais de vinte e cinco anos, a intimidade estava tão evidente entre ele e a moça que ele chegou a pensar que os dois estavam juntos há muito tempo. Não se admirou quando chegou à noite em casa e a Helen lhe contou sobre a separação, a Suellen veio procurar a Lia para lhe dar algumas dicas ou conselhos do que pudesse fazer.

_No caso dela acho que nem um milagre adiantaria. – Indagou Wayne para a esposa com ironia.

Não gostou de saber que a Suellen procurava a Lia para isso, afinal ela não era esse tipo de mulher que todos pensavam, sabia que ela era mais doce do que aparentava e mais frágil também, ele sabia muito bem disso.

_A Suellen não tratava o marido como se devia, não foi à toa que ela a deixou.

_O que ela fazia?

_Chamava-o de gordo na frente dos outros, ria do jeito dele se vestir, chamava-o de velho. Queria sempre que ele lhe fizesse de tudo.

_Ela mandava nele, você quer dizer.

_Isso foi distanciando ainda mais ele dela.

_Porque ela fazia isso com ele?

_Não sei. Mesmo que tudo seja verdade, ela não devia dizer-lhe as coisas dessa forma.

_Eu acho que de forma nenhuma,

_Engraçado, nós estamos ficando velho e os nossos amigos também, apenas não se deram conta disso.

_Você por acaso está dizendo que eu estou velho?

_Nós dois estamos ficando velhos sim e, você não ia ser diferente deles.

_Acontece que velhice é um estado de espírito, se você quer saber eu me sinto bem jovem.

_Sei! – Diz ela rindo.

_O Hoggett estava com uma moça bem mais jovem

do que você. Talvez da idade da Lia.

_É sempre assim, os homens procuram as mais jovens para se sentirem jovens também.

_Ele não parecia que tinha essa opinião.

_Você acha que ele ia demonstrar? A Lia por exemplo, namora o Phillipe, mas sempre disse que gosta de homens mais velhos, e os que estão nessa categoria estão casados.

_Existe muitas mulheres que gostam de homens casados.- Retrucava Wayne que rebatia tudo o que ela dizia.

Pode ser, mas ela é feliz com o professor que não é velho, e é bem bonito.

_Eu acho que ela não gosta dele.

_Como você sabe?

_Eu a ouvi dizendo.

_Para quem? Ela nunca me disse isso?

_Ah, Helen! Eu sei lá, não vem ao caso agora.

_Você ouviu errado, a Susi me contou que eles estão bem e que o Phillipe está pensando em casamento.

_Casamento? - Levantou-se não acreditando no que ouvia.

_É, ele está querendo comprar uma casa maior para eles. Você sabe que ele mora sozinho.

_Claro! Quem é que suporta viver com ele.

_Por que você fala assim dele?

_Eu não gosto muito dele!

_O que ele te fez?

_Nada...

_Olha aqui Wayne, a Lia é dona do próprio nariz, pode fazer o que quiser. Você sabe que eu gosto dela e do Phillipe, eles fazem um belo e perfeito casal, ele foram feitos um para o outro, gostam das mesmas coisa, são praticamente da mesma idade, - Respondia olhando-o nos olhos - eu dou todo o meu apoio a ela se quiser casar com ele. – ele não respondia, Helen percebeu algo estranho no seu olhar quando disse.- Eu até acho que eles dormiram juntos.

_Por que você diz isso? Ela lhe falou alguma coisa?

_Não, essas coisas não precisam dizer eu vi nos olhos dela. Ela está diferente, parece apaixonada, além do mais enquanto nós não estávamos aqui ela saia com ele.

_Acho que você está tirando conclusões erradas.

_Eu sei o que estou dizendo. E depois a Susi vem e diz que o Phillipe quer comprar casa. O que você pensaria?

_Nada! Eu não pensaria nada.

Wayne saiu do quarto porque aquela conversa não lhe agradou. Foi até o jardim para pensar, sentou exatamente no lugar que Lia costumava ficar escondida. Queria estar com ela nesse momento tão triste em que estava passando, tomou uma decisão naquela noite e, no dia seguinte colocou em prática. Procurou uma casa modesta e muito aconchegante na cidade próxima, comprou a casa porque gostou dela logo que a viu, ia dar a Lia assim que ela voltasse, poderia ir vê-la sempre que pudesse. Sentia falta dela e dos seus carinhos, ninguém sabia ser tão carinhosa e quente ao mesmo tempo, desde que a Helen voltou não tocou mais na Lia, não queria levantar suspeita quanto a eles, a Helen não era o tipo de mulher que corria atrás de homem, mas desde que encontrou com o Oliver falavam e se viam com frequência, não o procurava mais na cama e não fazia aquelas danças que aprendeu, voltou a usar o horroroso pijama que ele odiava, na cama ficava com o telefone falando com o 'tal', desligava e dormia, uma ou outra vez fizeram amor o que ele não gostou, ela lhe pareceu que também não estava gostando, mas, manter as aparências era tudo na vida deles.

Para todos os seus amigos eram a família perfeita, um dos últimos remanescentes do casamento que deu 'certo'. Mas a realidade era bem diferente do que todos pensavam, mesmo que o Wayne achasse que eles estavam bem, Helen não via mais a vida dessa forma, achou em seu amigo o ombro e a companhia que precisava.

Chegou o dia da volta de Lia, Wayne ia buscá-la no aeroporto, fez de tudo para ir sozinho.

_Eu não vejo necessidade de ir todos no aeroporto. Cada uma de vocês tem o que fazer, eu vou ter que ir ao fórum e aproveito que é bem perto e trago ela para a casa. – falava ao telefone com a esposa.

◆ ◆ ◆

_Tudo bem Wayne, se você acha melhor assim. Então vai e a traga logo.

Ele desligou o telefone, pegou o seu paletó dirigiu-se para o aeroporto, no caminho sentia a ansiedade tomar conta dele, queria sentir novamente aqueles braços, sentia falta dos beijos molhados e gostosos que eles trocavam.

Chegou na ponte de desembarque no meio daquela multidão viu o Phillipe a sua frente com um buquê de flores, ele procurava por ela no meio dos passageiros que iam chegando.

Escondeu-se e ficou olhando, ela aparece, estava mais magra, ainda mais bonita que antes, em seu coração corria o ciúmes que chegava a aperta-lhe de uma forma que não conseguia respirar, ela olhava por todos os lados, o Phillipe se adiantou chegando lhe entregando as flores e beijando. Wayne percebia que ela continuava a olhar ao redor esperando.

encontrá-lo, "com certeza ela estava esperando que eu fosse vim".Pensava. O Phillipe abraçou-a levando-a para o seu carro, Wayne não estava aguentando ver aquele homem com a mulher de sua vida, nem sonhara que podia amar desse jeito tão forte, correu na direção que viu eles irem, não chegou a tempo de impedir a partida deles. Ficou totalmente sem direção, totalmente perdido, andava de um lado para o outro como um animal enjaulado.

_O Senhor está bem? – Pergunta-lhe um funcionário do aeroporto – Aconteceu algo?

_Não, eu estou bem.

Caminhou para o seu carro, voltando para o escritório, não tinha mais o que fazer ali, tudo o que imaginou estava perdido, pensava em passar metade da tarde com Lia, tudo foi por água abaixo, mudou o caminho se dirigindo para casa.

Lia ficou sentida com o Wayne por ele não ter ido buscá-la, estava com muita saudade e, quem aparece é o Phillipe e mais sorridente do que nunca, estava feliz por ela estar de volta.

_Obrigada pelas flores, são lindas.

_Como você está?

_Agora estou bem, o pior já passou.

_Eu queria te levar a um lugar hoje à noite, se você quiser é claro, se não estiver muito cansada.

_Aonde iremos?

_Conhecer meus pais. Estão super curiosos para conhecer você.

_Eu não sabia que você tinha pai e mãe, sempre o vejo sozinho.

_Desculpe se eu omiti esse fato da minha vida a você. Eu briguei com meu pai há algum tempo atrás, agora eu reatei nossa velha amizade.

_O que te fez voltar atrás?

_O que aconteceu com você. Desculpe mais uma vez eu não ter chego a tempo de me despedir de você no aeroporto. Quando cheguei seu voo tinha partido.

_Ainda bem que você teve tempo de voltar atrás, porque eu perdi um companheiro e tanto.

_Você não respondeu se vai ou não comigo? – Disse logo que estacionou o carro em frente à casa da Helen.

_Ë claro que eu vou. A que hora você me apanha?

_Eu passo aqui às cinco horas para te levar.

_Por que tão cedo?

_É um pouco longe.

_Tudo bem. – Lia falava saindo do carro.

Phillipe apanha a sua mala deixando-a no chão para abraçá-la, acaricia seus cabelos e beija.

Lia para o beijo ao escutar um carro estacionando fazendo barulho com os pneus, era o Wayne que chegava, viu ele saindo do carro batendo a porta com força, vem na direção deles encarando Lia que lhe diz:

_Olá Wayne! – Soltava dos braços do Phillipe

_Por que não esperou por mim? Você sabia que eu ia buscá-la.

_O Phillipe chegou e eu não vi ninguém por lá.

_Eu cheguei cedo... – Estava dizendo Phillipe quando é interrompido por Wayne.

_Você podia ter esperado um pouco.

_Eu não sabia que você ia. – Continuava o Phillipe O Wayne não olhava para ele, encarava Lia de uma

forma que deixou sem saber o que fazer.

_É claro que eu ia, você acha que eu ia deixar ela vir sozinha?

_Não foi isso que eu pensei. Achei que toda a sua família ia também.

Ele olha para o Phillipe para dizer.

_Eu passei no fórum antes. Fui direto.- Falava sem demonstrar que queria dar alguma explicação a ele.- É melhor vocês entrarem, não quero que fiquem abraçados aqui fora, os vizinhos logo começa a falar.

Wayne olhou para ele e se dirigiu a casa, a Helen que estava na porta olhando o que estava acontecendo, viu o marido entrar em casa sem cumprimentá-la, com as meninas foram receber a Lia com beijos e abraços.

_Lia que bom que você voltou.- Helen a abraçava - Olá Phillipe, obrigada por trazê-la.

_O seu marido é que não gostou.

_Ele foi buscá-la e perdeu a viajem, por isso o mal humor. Não esquenta que logo passa. Quer entrar um pouco para uma xícara de chá?

_Muito obrigada, fica para outra hora, agora eu não tenho que voltar para a faculdade.

_Você tem se desprender um pouco dos livros.

_É eu sei, aos poucos eu vou consegui.

_Garanto que a Lia vai lhe ajudar.

_Ela é muito especial.

Eles olhavam para Lia que nada dizia, abaixou e lhe deu um beijo de adeus.

CAPITULO XI

Lia, Helen e as meninas ficaram a tarde toda conversando, contando as novidades, Lia percebeu que Helen estava empolgada com o tal de Oliver, falava nele o tempo todo, "o Oliver isso, o Oliver aquilo, o Oliver era assim", e isso foi durante toda a conversa, terminou de se aprontar e ficou esperando o Phillipe chegar, estava com um conjunto simples que lhe caia bem, um discreto decote, deixou os cabelos soltos, pegou a bolsa e desceu para o chá, onde todos estavam reunidos.

_Chegou na hora Lia. Sente-se aqui conosco. – falava a Helen ao vê-la chegar

_Nossa como está bonita! Tudo isso é para impressionar o professor? – Dizia a Susi

_Nós vamos sair.

_Vão jantar ou vão a algum lugar que não devemos saber. – Fala maliciosamente Diane

_Vou conhecer os seus pais. – Lia falava evitando não olhar para o Wayne

_Então o caso é mais sério do que imaginamos. – Fala Josiê que quase não dizia nada na mesa.

_Que bom Lia. Finalmente vai conhecer os pais dele.

Enquanto falavam a campainha toca, Lia vai se levantar e tem uma ligeira tontura e quase cai, foi amparada por Diane que estava ao seu lado.

_O que foi isso Lia? – diz a Helen ajudando-a sentar

_Não sei, me deu uma tontura.

_É melhor você ficarem aqui. – Diz o Wayne –Eu aviso o professor que você não vai poder ir.

Helen segura-o pelo braço.

_Não Wayne...

_Eu estou melhor.

Teresa trás o Phillipe que vê Lia sentada e todos em sua volta.

_Boa noite professor. A Lia está aqui te esperando, sentiu um mal estar.

_Boa noite...- ia respondendo – O que foi que aconteceu?- ele se agacha a sua frente.

_Nada não, foi uma tontura passageira. Estou melhor agora.

_Você tem certeza? É um longo caminho, não quero expor você se não tiver em condições. Podemos marcar para outro dia.

_Não. Eu estou bem, não quero decepcionar seus pais com uma bobagem dessas. – Comenta sorrindo para acalmá-lo.

_Então se você tem certeza podemos ir.

_Você acha que está bem Lia?

_Estou sim Helen, não se preocupe.

_Eu cuido dela pode deixar.

Ao dizer isso, Phillip não olhou para o Wayne ou teria descoberto que ele amava a Lia apenas pela expressão que fez, a raiva e a fúria se misturavam com o ciúmes e a impotência dele diante da situação era evidente. Wayne saiu da sala indo para o seu quarto.

_Cuide-se Lia, aproveite bastante.

Lia tinha visto quando o Wayne saiu, percebeu pela fisionomia séria e alterada que ele não gostou que ela fosse, apenas se levantou.

Boa noite para todos.

_Boa noite querida.

_Não precisa voltar hoje viu?- Disse a Susi

_Susi! – Helen olhava para a filha com ar de reprovação.

Saíram abraçados, Lia não notou que o Wayne os olhava pela janela de seu quarto, as lágrimas corriam sobre o seu rosto, estava com raiva e amor no olhar, o ciúmes imperava no seu coração, queria gritar para todos que amava aquela mulher que todos estavam empurrando para os braços de outro. Não quis saber de jantar, apenas queria ficar sozinho e pensar na dor e na solidão que estava sentindo, "eu nem sonhava em te amar desse jeito menina".Falava para si mesmo "O que devo fazer para conter esse amor que sinto? Como tirá-lo do meu coração"?

❖ ❖ ❖

O Jantar na casa dos pais do Phillipe foi muito interessante para Lia, eram pessoas simples que moravam no campo, a fazenda era bem distante da cidade, Phillipe lhe disse eram uns 50 km, eles não tinham nada a ver com o jeito calmo dele, eram divertidos, brincalhões, não gostavam que seu filho ficasse o tempo todos com livros nas mãos. Logo que chegou, Lia foi bem recebida pela mãe dele que estava com um vestido florido e um avental por cima, bem gordinha, cabelos brancos e um rosto bondoso e rosado.

_Como está filha? – Disse a mãe de Philipe.

_Muito bem e a senhora?

_Muito bem agora que o Phillipe e o pai reataram, foi uma benção maravilhosa. Fazia muito tempo que eles estavam brigados. – ao terminar de falar o pai dele aparece com um garfo enorme de pegar feno nas mãos, estava com um macacão jeans, era um senhor alto de cabelos não muito grisalhos como os da mulher, um rosto que o tempo deixou marcas profunda de conhecimento parecia muito com o Phillipe, tão alto quanto o filho.- Cumprimente a moça Artur.

_Eu vou tirar essa roupa suja primeiro. Ela olha para ele com ar de reprovação.

Horas depois ele desce todo arrumado, tinha tomado banho e até passou um pouco de perfume, dava para Lia perceber, ele sentou à frente deles, no que supôs ser a sua poltrona preferida, pegou um cachimbo, acendeu e estendeu a mão para Lia.

_Como vai filha?

_Muito bem agora em conhecer a família do Phillipe.

_Ele nos falou muito sobre você.- Comentou a mãe toda feliz por conhecê-la.

_Eu sempre disse para ele que devia ter logo uma namorada e se casar, não ficar muito tempo com os livros. Eu nunca gostei dele tão solitário do jeito que foi. Mas agora parece que tudo mudou.

A conversa foi totalmente voltada para eles, Eimee a mãe dele tinha feito uma deliciosa torta de maçã, Lia a elogiava o tempo todo.

_Se você for dizer elogios para ela diz todos de uma vez. Minha mãe é ótima na cozinha.

_Estou vendo! – Dizia deliciando-se com outro pedaço de torta - Eu nunca comi tanto e tão bem.

Phillipe a olhava com uma certa curiosidade.

_Realmente eu nunca te vi comer tanto!

_Deixe-a Phillipe! – Falou seu pai – Ela realmente gostou da comida de sua mãe.

_Estou vendo, mas é que eu nunca a vi comendo tanto assim. Ela é sempre tão reservada. Ou estava me escondendo de que é uma comilona?

_Eu? – Falava com a boca cheia tentando engolir o pedaço de torta. – Não! Eu como pouco, é que está muito boa essa torta.

_Então aproveite querida. – Disse a mãe dele lhe servindo outro pedaço.

Depois que terminaram o jantar, Phillipe a levou para varanda, sentaram-se na cadeira de balanço, ele a enlaçou puxando-a para si num forte abraço.

_Que bom que você gostou da minha família, eles são tão simples.

_Eu...- Estava dizendo quando se sente mal por causa do balanço começa a sentir enjoou, saiu correndo do balanço e foi para um canto jogar fora todo o jantar.

_O que foi querida? – Pergunta Phillipe preocupado

_Eu acho que exagerei na torta.

Ele a levou até o banheiro, os pais dele ficaram preocupados, não deixaram que fosse embora, ligou para Helen avisando de que ia ficar por lá, voltaria na manhã seguinte.

_Não se preocupe Lia, cuide-se.

_Obrigada Helen.

Assim que desligou o telefone a dona Eimee lhe entregou uma xícara de chá.

_Tome filha enquanto está quente, você vai se sentir bem melhor.

Phillipe a levou até o quarto que ela ia ocupar.

_Você vai ficar aqui querida, se precisar de algo me chame, o meu quarto é o do lado do seu, eu venho correndo.

Lia interpretou muito bem as palavras ocultas por trás daquela afirmação.

_Obrigada Phillipe eu vou estar bem, não se preocupe. Ela entrou no quarto, ele a acompanhou lhe entregando um pijama que era dele.

_Você pode usar isso se quiser.

_Eu quero sim, obrigada.

_Eu posso lhe dar um último beijo de boa noite?

_É claro que pode. – Estava sorrindo para ele, queria quebrar a tensão, via como Phillipe estava tenso e como estava querendo fazer algo que talvez nunca tenha feito.

Ele a puxou para si, forçou-a para um beijo louco e apaixonado, sentiu uma dor na coluna por ele a estar inclinando para trás. Tentou empurrá-lo com as mãos.

_Phillipe, estou quase caindo.

_Me desculpe querida eu... quero tanto você. Nunca me senti assim.- ele a olhava com um ar sensual

_Por favor, o que seus pais vão dizer?

_Não se preocupe com eles...

_Eu me preocupo sim. Afinal de contas estou na casa deles.

_Tudo bem amor. Seja como você quiser. – Ele a soltou saindo do quarto.

Na manhã seguinte Lia não conseguia nem olhar para a torta de maça, recusou muitas coisas do que lhe foi posto na frente, serviu-se de frutas e um copo de suco e um pouco do chá que tinha tomado na noite anterior.

Sentia-se bem melhor, ficaram até depois do almoço, Phillipe a levou de volta para a casa encontrando a Helen no jardim, era quase hora do chá da tarde quando chegaram. Logo que a viu, Helen veio até ela.

_Você está muito abatida Lia. O que aconteceu?

_Eu não sei. Apenas passei mal com a comida da mãe dele.

_Ela comeu tanto e, depois passou mal.

_Lia você vai ao médico amanhã.

_Não precisa, estou bem melhor.

_Quer queira ou não você vai. – Disse com determinação - É para o seu bem.

_Tudo bem eu vou.

_Pode deixar que eu me encarrego da conta.

_Não é por isso...

_Por favor, dona Helen se precisar de mim eu vou estar em casa.

_Pode ir sossegado, ela vai ficar bem.

_Por favor não se esqueça de me avisar.

_Eu te aviso sim.

Ele dá um beijo em Lia para ir embora.

_Se cuida querida.

Ela não responde, apenas entra com a Helen para casa. Wayne ouvia tudo com uma certa preocupação no semblante, ficou nervoso com um ligeiro pensamento que passou por sua cabeça.

Viu as duas subindo as escadas entrando no quarto da Lia.

_Está melhor? Não quer um chá ou algo assim? Eu posso pedir para a Teresa preparar.

_Não se preocupe Helen, eu já estou melhor.

_Afinal de contas o que você tem?

_Nada de mais, apenas a comida da mãe dele era muito gordurosa, eu não quis falar nada, mas não me fez bem.

_Olha para mim Lia, e me diz a verdade. Você sabe que sou sua amiga, pode contar comigo.

_Dizer o que Helen?

_Você está grávida?

_Eu? Grávida? Que é isso. De jeito nenhum.

◆ ◆ ◆

_Se estiver eu vou entender não se preocupe, o Phillipe gosta de você, ele vai ficar até contente em saber...

_Que é isto Helen. – Diz desesperada cortando a conversa – Eu nem sei se quero me casar com ele, e vem você com essa conversa de gravidez! Por favor eu estou bem, vai para o seu jantar, amanhã conversamos. Eu vou ao médico e você verá que não passou de uma indigestão.

_Tudo bem. Eu não posso ficar mais tempo. tenho um jantar para ir e o Wayne vai começar a me chamar.

_Não se preocupe amanhã eu vou até o médico.

_Então boa noite Lia.

_Boa noite.

Helen foi embora encontrando o Wayne em frente a janela.

_Podemos ir agora. – Disse ela

_Você não acha melhor ficarmos para o caso dela precisar de alguma coisa?

_Não há necessidade disso. Ela está melhor, amanhã vai ao médico.

_E se ela passar mal de novo?

_O que isso Wayne? Ela vai saber onde estamos. Eu quero ir a esse jantar, você sabe muito bem como ele é importante para mim. E além disso faz tempo que não saímos de casa.

Sem alternativa, Wayne vai com ela, seu coração estava mais apertado do que nunca, sem saber do que se tratava o mal estar de Lia, não queria deixá-la sozinha apenas com empregados, estava preso aos compromissos de Helen, onde ela tinha um jantar ou uma entrevista ele tinha que acompanhá-la.

Lia ficou com as palavras da Helen ecoando em sua cabeça, realmente era todos os sintomas de uma gravidez, "Meu

Deus se for verdade o que eu vou fazer?" Pensava enquanto tomava seu banho, estava se recriminando por tudo o que aconteceu, "Porque eu deixei isso acontecer, porque?" Era um pouco tarde para arrependimentos, chorava vendo sua vida de cabeça para baixo, não conseguiria esconder por muito tempo, tinha que contar mais cedo ou mais tarde a Helen que parecia já saber. Não sabia como contaria a ela ou as filhas dela, ou até mesmo o Wayne, tinha arriscado toda sua amizade por causa de um amor que não podia ter se consumado, deixou-se levar por amor e agora as consequências eram desastrosas, não podia deixar que o casamento dele acabasse por uma estupidez sua, sabia que ele não ia deixar a Helen por sua causa.

Foi difícil conciliar o sono, desceu logo cedo para o café, o Wayne já havia saído, Helen levou-a até o consultório de sua médica e amiga, foi para a faculdade. Pediu a Lia que voltasse de táxi para casa, entrou logo no carro e saiu, Lia foi até o consultório, fez todos os exames que lhe foi pedido, ficou aguardando o resultado, assim que ficaram prontos à médica a chamou de volta à sua sala.

_Sente-se senhorita Lia.

Ela sentou-se. Via a doutora abrir um envelope grande e ficar olhando.

_ Meus parabéns você está grávida.- disse sorrindo

Lia não soube o que lhe dizer, sempre quis ser mãe, mas agora não lhe parecia ser uma boa hora para isso.

_Tudo bem com você? Parece que não gostou do resultado?

_Será que eu posso lhe pedir que faça segredos doutora?

_Segredo? Por que?

_Eu ainda sou solteira...vou me casar logo, mas, não queria que soubessem agora.

_Tudo bem se é assim, pode ficar sossegada.

_Obrigada.

_Vai fazer o pré-natal aqui comigo?

_Acho que sim, não sei ainda, estou um pouco sem direção.

_É eu sei como são essas coisas. Uma gravidez que não foi planejada nos tira do rumo certo.

_Eu devia saber disso, afinal não sou nenhuma adolescente.

_Mas não são apenas os adolescentes que tem que se prevenir. Hoje em dia temos aulas de educação sexual nas escolas, alguns jovens não se preocupam, mas a maioria estão cientes até dos riscos que correm em não usar preservativos. São muitas as doenças que podem ser transmitidas. Serve até para você Lia, esse conselho.

Cansada de ouvir o que já sabia de cor, disse adeus e foi embora, a burrada estava feita, não sabia que direção deveria tomar. Andou pelas ruas sem rumo algum, apenas queria encontrar uma solução do que deveria fazer, como contaria ao Wayne, "Como será que ele vai reagir?" Não encontrava resposta. E quanto a Helen? Ela a expulsaria de sua casa?

Chegou tarde em casa, a Helen ainda não tinha voltado da faculdade. Wayne também não estava, apenas as meninas estavam, foi para o seu quarto. Mais tarde apenas Lia e as meninas jantaram, contou qualquer coisa para elas sobre o seu estado que nada desconfiaram. Resolveu dar uma volta pelo jardim.

Wayne estava nervos, a tensão causada pelo mal estar de Lia deixava-o apreensivo, "Meu Deus, se ela estiver grávida o que eu faço?" essa pergunta ecoava na sua cabeça o dia todos martelando, não que estivesse arrependido do que fez, não era isso, apenas que não sabia como ou o que fazer. A Helen tinha certeza de que era do Phillipe, ele sabia que não era, ia concordar com ela pelo menos por enquanto, "antes ela case com ele e que ele assuma..., não, o que estou dizendo? É meu filho, eu amo aquela mulher, vou cuidar dela e da criança, como um homem deve fazer".Falava para si mesmo na volta para sua casa.

Ficou até mais tarde no escritório com medo de chegar em casa e vê-la nos braços daquele homem e a sua esposa dizendo que eles faziam um belo par e que ela ia casar com ele por causa da gravidez, "eu não vou deixar ele assumir nada. O que estou dizendo? Ele não dormiu com ela, ela não foi dele e sim minha. Eu sou o pai do filho dela".Falava em alto tom ao estacionar na garagem de sua casa não viu ninguém. Ao chegar o telefone tocou, atendeu, era a Helen que avisava que ia jantar com o Oliver depois da palestra.

_Tudo bem Helen, mas vê se não chega tarde.

_O Phillipe está aqui e quer saber como está a Lia.

_Eu acabei de chegar, não vi a Lia. Deve estar no quarto dormindo.

_Tudo bem, eu volto assim que terminar o jantar.

_Ok, até mais tarde.

_Até. – Ela desligou.

Ele procurou por Lia pela casa toda não estava, no estúdio também não, o único lugar que ainda não tinha procurado era no jardim, andou até que a viu sentada na grama.

_Oi! – Disse sentando ao seu lado

_Olá! – Respondeu meio apatica

_Você está bem?

_Estou sim, muito bem.

_O que vamos fazer a respeito? – Falava como se soubesse do resultado do exame.

_Como assim? O que você quer dizer?

_Eu sei que você está grávida. Não está?

_Estou sim. O que você quer dizer como vamos fazer? Eu vou fazer sozinha.

_Como assim sozinha?

_Você já pensou na confusão que tudo isso vai causar?

_Você não está pensando em tirar, está?

_Não, eu estava pensando em ir embora.

_Ir embora? De jeito nenhum, ele é meu sabia? Eu também tenho direito a opinar.

_Eu não posso ficar aqui, não está certo enganar a Helen desse modo e o Phillipe. Eles foram tão bons para mim...- Ela deixou as lágrimas caírem - eu não devia ter feito o que fiz.

_Não se sinta culpada, você não estava sozinha.

_Eu vou embora sim.

_E eu? Eu te amo, não vou deixar você ir embora com o meu filho! Eu ainda não lhe disse mas, eu comprei uma casa numa cidade próxima. É bonita e bem confortável, ela é sua e, você pode mudar quando quiser.

_Para mim? Por que?

_Eu queria que tivéssemos um lugar nosso...

Lia se levanta na hora e não o deixa terminar de falar.

_Wayne por acaso você acha que eu vou ser sua amante?

_Não é isso...

_Eu lhe digo que não vou. Eu não pedi nada e não quero nada de você.

_Como não quer nada? O que você pretende? – ele se

levanta e fica de frente para ela, os olhos se encontram – Por acaso vai querer se casar com aquele panaca do professor e dizer que o filho é dele?

_Poderia ser uma solução se eu dormisse com ele, ou você acha que eu vou ser mantida por você numa casinha e sempre que quer ou quando puder você aparece?

Ele não soube o que responder, ficou desarmado com as palavras dela, viu que ela ia embora e foi atrás.

_Lia espera por favor. – Segura em seu braço dela impedindo que continuasse. – Faça o que quiser fazer eu te imploro duas coisa, não se case com ele e nem leve meu filho embora daqui, por favor.

Ela se solta dos braços dele, caminho até chegar na casa, foi direto para o seu quarto trancando a porta, já tinha tomado uma importante decisão, ia primeiro lugar com o Phillipe, depois com a Helen.

CAPITULO XII

No dia seguinte logo pela manhã marcou um encontro com ele para depois da aula. Foi até a faculdade e ficou esperando por ele, quando apareceu estava tão feliz que até doeu o coração de Lia ter que contar que estava grávida de outro homem e que não ia casar com ele.

_Minha querida, você está melhor? A Helen disse que você já estava dormindo quando ela ligou ontem, já sabe do resultado do exame?

_Sei sim, e é por causa dele que eu estou aqui.

_E qual é? Espero que não seja nada de grave!

_Não! Eu queria falar com você em particular se for possível.

_Claro amor, mas é grave? Você está estranha.
Lia não lhe respondeu, esperou que ele a levasse por um longo corredor de tijolos vermelhos, saíram pela porta dos fundos até um lindo jardim. Ele a conduziu para um banco de pedra.

_Aqui ninguém vai nos incomodar. – Ele a abraça puxando-a para ele, fica acariciando o rosto dela, aquele gesto fez com que lágrimas saíssem de seus olhos. – O que foi? Por que as lágrimas?

_Eu não mereço você Phillipe. – Lia dizia e as lágrimas continuavam cada vez mais fortes. – Eu achei que me aproximando de você eu fosse esquecer outra pessoa.

_Do que você está falando?

_Eu sei que não fui honesta com você e, que o que eu fiz não tem perdão ou justificativa, eu não pensei que isso fosse acontecer. você fala?

_O que você pensou que não fosse acontecer? Do que está falando?

_Eu vou embora daqui.

_Embora? Por que?

_Porque eu já lhe disse eu não sirvo para você, não é justo, você merece outra pessoa bem melhor do que eu.

_Deixa de besteira, eu sei o que é melhor para mim. – Ele levanta o queixo dela fazendo com que ela o olhasse – me diz o que aconteceu na casa da Helen?

_Não é nada com a Helen. essa semana eu vou embora para sempre.

_E eu? Como eu fico?

_Você vai ficar bem melhor sozinho do que comigo eu garanto.

_Isso tem alguma coisa com o resultado do seu exame?

_Tem sim.

_E você vai me contar o que está escrito nele?

_Acho melhor não!

_Seja o que for vamos superar juntos, eu prometo.

_É tão fácil falar.

Ele a puxa para si abraçando com força, toca os lábios com os seus dedos e deposita um beijo doce e suave, que Lia corresponde com vontade. Queria ter se apaixonado por aquele homem pacato e calmo e não viver aquela tempestade com o Wayne.

_Você não sabe como mudou a minha vida, eu não sabia o que era amar até você aparecer, eu fui feliz, eu sou feliz como nunca fui a minha vida toda, agora você quer jogar tudo para o alto?

_Você vai sair machucado da historia e, é disso que eu quero te poupar.

_Eu não quero ser poupado de nada, seja o que for nada vai fazer eu mudar de opinião.

_Talvez o que esteja pensando não seja a realidade.

_Então me conte.

Lia olha para aqueles olhos suplicantes que brilhavam a todo custo para ela, queria que lhe dissesse algo que poderia feri-lo profundamente.

_Você quer mesmo saber?

_Quero sim...

_Eu estou...- Após uma pausa não conseguindo terminar a frase – é tão difícil, você foi tão bom, eu não tinha o direito de fazer isso com você, eu vou embora é melhor.

Ele segura-a pelo braço impedindo que vá embora.

_Eu não vou deixá-la sair daqui sair daqui se não me contar.

_Muito bem, você quis assim! – Toma fôlego e diz
 - estou grávida.

Os olhos dele começaram a mudar, sua fisionomia também, as lágrimas rolavam pelo rosto.

_Você tinha razão quando disse que ia me magoar.

_Eu sinto muito.

_Você sabe quem é o pai? Quer dizer, é lógico que você sabe quem é o pai, o que eu quero dizer é se o pai da criança já sabe?

_Sim.

_Muito bem. – Ele enxuga as lágrimas – Sabe Lia que com você eu conheci todos os tipos de sentimentos em tão pouco tempo, a amizade, o amor e agora a dor da separação.

◆ ◆ ◆

_Acho que o pior já passou.

_Eu não creio, eu tenho a impressão que o pior vai ser quando eu souber quem é o pai.

_Eu sinto muito Phillipe mas, eu não vou lhe dizer isso.

_Acho que não vai ser preciso porque eu desconfio de alguém que me parecia ser um homem decente e de respeito, pelo que vejo não foi, não com você e com a esposa. – Depois do silencio de Lia ele fala – Ele não vai deixar a esposa pode ter certeza.

_De quem você fala?

_Por favor não insulte a minha inteligência, eu sei que é o pai da Susi.

_Por favor, Phillipe, a Helen foi tão boa para mim. Eu não sei o que dizer a ela, eu não queria magoá-la, sabendo que já magoei.

_Você o ama?

_Sim.

_Bom pelo menos você está sendo sincera comigo, o que é ótimo. O que vai fazer? Contar a ela?

_Não, isso eu não faço, eu vou embora e ela não vai mais me ver.

_E vai viver de que? Eu posso saber?

_Ainda não sei...

_Onde vai viver?

_Posso arrumar outro emprego.

_Você acha que vai ser fácil fazer tudo sozinha?

_Eu dou um jeito...

_Vai morar sozinha? E quando chegar a hora da criança nascer? Quem vai te levar para o hospital?

_Phillipe por favor, eu não sei lhe responder nada disso...

_Mas devia! – Ele segura a mão de Lia – Vamos fazer o seguinte: eu vou pensar em tudo o que você disse, colocar as ideias em ordem, eu falo com você depois. Por favor não vá embora sem que eu fale com você, promete?

_O que você pretende?

_Eu agora quero que você me prometa que não vai embora sem que antes eu fale com você.

_Eu prometo!

_Vá agora descansar, eu vou dar a última aula, amanhã eu já devo ter algo, tudo bem?

_Eu não estou te entendendo mas tudo bem.

_Então vamos, eu vou te levar até a porta.

Ele a segurou pela mão levando-a até a porta, na saída ele se inclina para ela beijando-a nos lábios e diz:

_Se cuida! – m sorriso amarelo surgiu no seu rosto Parecia que nada tinha acontecido, Lia ficou perplexa com todo o controle que ele demonstrava. Se fosse outro lhe jogaria na cara tudo, ou até coisa pior, sempre soube que ele era especial.

No fim da tarde chegou em casa, a Helen chamou-a no escritório.

_O que aconteceu Lia? – Queria saber

_Fui falar com o Phillipe na faculdade.

_Por que? O que aconteceu afinal de contas?

_Nada de mais eu só quis visitá-lo...

_Por favor Lia, eu sou mulher e sua amiga, eu sei que tudo o que está sentindo é sintoma de gravidez, eu sou mãe. – Dizia apontando o retrato das filhas.

_Eu...

_Olhe bem. O que você vai dizer, porque eu sei que você está grávida, a Suellen esteve no mesmo dia que você não consultório e ouviu você falando com a Laura, eu liguei para ela que confessou tudo.

❖ ❖ ❖

_Muito bem, se você já sabe não tem por que mentir. É verdade sim.

Ela se levanta e vem abraçar Lia.

_Meus parabéns Lia, eu disse ao Wayne que você e o Phillipe fazem um lindo casal. Como ele reagiu?

_Sei lá! Ele ficou tão estranho e me disse que amanhã suas ideias estarão mais claras.

_É claro, ele foi pego de surpresa, qualquer homem ficaria atordoado com a noticia.

Enquanto ela falava o Wayne entra no escritório e olha para Lia que tenta evitar o seu olhar.

_Wayne cumprimente a Lia, ela está grávida.

_Como? – Disse meio sem saber o que devia fazer

_Ela e o Phillipe vão ter um bebê, ela contou hoje para ela. diz:

Antes que ele pudesse falar alguma coisa Lia se levanta e vai embora.

_Helen eu quero aproveitar a ocasião e lhe dizer que vou embora.

_Embora? Para onde?

_Eu ainda não sei, talvez eu fique no País mas, em outra cidade, ainda não me decidi.

_Mas já? E como você vai se virar sozinha Lia? Ele fica

o dia todo naquela faculdade...

Lia olha para Wayne que lhe retribui com um olhar penetrante, ela sustenta o seu olhar até ouvi-lo dizer:

_Ela fica se quiser Helen!

_Como assim Wayne? Ela não pode partir nesse estado...

_Como não? Ela não foi falar com o seu namorado? Ele não é o pai? O que tem de errado em ela querer ir embora?

_Pare com isso Wayne. Você sabe que mesmo que você não goste dele, eu gosto dos dois e sei vão ser felizes.

_Então deixe que ela vá embora.

Lia olhava para ele sem saber o que pensar, não era o que queria ouvir, mas também não sabia o que queria ouvir, Helen chega perto dela e lhe diz:

_Se quiser eu aumento seu salário, nunca mais vou encontrar alguém que escreva tão rápido e tão bem quanto você.

_Eu bem que gostaria, mas devido às circunstâncias eu prefiro ir embora.

_Muito bem, se é assim que você me quer não vou impedi-la. Pode contar comigo para o que precisar.

_Obrigada por tudo, agora com licença. – Saiu do escritório deixando os dois sozinhos.

Assim que Lia sai Helen fala ao Wayne zangada com a sua atitude.

_Wayne, o que está acontecendo com você?

_Nada.

_Por que não se abre comigo?

_Não está acontecendo nada Helen.

_Está sim, eu te conheço...

_Por favor me deixa em paz. – ele estava zangado e sai do escritório.

Helen vai atrás o seguindo até o quarto,

_Por que você ficou tão abalado com a gravidez da Lia?

_Eu não estou abalado.

_O que é então?

_Eu lhe disse que não é nada.

Aquela semana passou rápido para Lia, Phillipe procurou um amigo que logo lhe ofereceu um emprego em sua editora, ela ia trabalhar em casa, ele a ajudou a encontrar um pequena casa para alugar, com o que ia ganhar podia muito bem pagar e ainda lhe sobrar dinheiro para o seu sustento. Precisou da assinatura da Helen e do Wayne para alugar e servirem como avalistas, Wayne não parava em casa, chegava sempre tarde da noite, Lia sabia que ele estava fugindo porque não queria que Lia fosse embora. Já estava cansada dessa espera, ficou a semana toda impaciente esperando por ele que sempre ligava dizendo não vim para o jantar, sempre arrumava um desculpa, Lia resolveu esperá-lo até tarde da noite se fosse preciso, deixou a luz apagada da sala e ficou esperando por ele olhando sempre pela fresta da janela, todos estavam dormindo, as horas avançavam, consultou o relógio, era duas horas da madrugada quando ouviu o som do carro dele estacionando na garagem, estava quase cochilando e acordou com o barulho, se endireitou rapidamente.

Viu que ele entrou e fechou a porta, com a pouca luz que vinha da fresta da janela via o contorno do corpo másculo daquele homem, assim que ele passou pelo Hall ela o segurou pelo braço, ele assustou-se e virou para ela.

_Lia? O que faz acordada a essa hora?

_Eu esperava por você.

_Agora que eu cheguei pode ir dormir

_Wayne por favor venha até a sala, eu preciso falar com você.

_Estou cansado, não pode ser amanhã?

_Wayne você fugiu de mim a semana toda, por favor.

_Muito bem eu vou, mas que seja rápido.

Lia o levou até a sala, não acendeu a luz, afastou um pouco mais a cortina da janela e deixou que a luz que vinha da rua iluminasse o local, estava de camisola, ela percebia que ele a olhava naquela pouca claridade, acariciou seu rosto, ele fechou os olhos

sentindo o carinho que ela lhe fazia, tomou a mão dela levando até seus lábios.

_Eu achei que podei te amar sem ter consequência alguma. – dizia ela para ele enquanto acariciava seu rosto – fui ingênua, agora tenho que pagar por isso.

_Você não precisa estar sozinha, eu quero assumir.

_Obrigada, eu sabia que podia ser assim, eu sempre o vi como um homem honesto de responsabilidades.

Ele a toma nos braços, apertando-a contra seu peito, Lia corresponde aquele abraço num aperto tão gostoso.

_Me diz que já estamos longe de tudo, que podemos nos amar.

Lia levanta o rosto para olhá-lo, ele segura seu queixo e coloca seus lábios delicadamente sobre os dela, seu beijo era delicado e terno, um beijo diferente de qualquer outro parecia que tinha gosto de saudade, ele a aperta mais contra seu corpo.

_Fica comigo amor!

_Você sabe que não posso.

_Você vai com aquele professor?

_Não, eu não tenho nada com ele, apenas está me ajudando.

_Eu lhe disse que comprei uma casa para você. Ela é confortável, o lugar é tranquilo e seguro e você não vai ficar sozinha...

_Não... – Lia tenta se soltar dos braços dele que a segura com mais força.

_Não faz assim, não fale desse jeito, você me magoa, eu quero o seu bem e do nosso filho, por favor Lia deixa eu te ajudar também.

_Por que Wayne? Isso vai deixar sua consciência mais tranquila perante a Helen?

Ele a aperta nos seus braços forçando a deitar sua cabeça no seu peito, ele fica afagando os cabelos soltos e sedosos de Lia.

_Menina teimosa, quando você vai entender que eu te amo?

_Então assine aquele documento!

_Eu não vou assinar porque eu te quero aqui ou na casa que é sua, você só tem essas duas escolhas.

_Você não vai facilitar nada para mim não é?

Lia se solta dos braços dele para ir embora, pega o documento levando-o, ele a segura para dizer:

_Pense bem no que você vai fazer, o nosso futuro está nas suas mãos. – Ele coloca as mãos sobre a barriga de Lia. – Lembre-se que é meu filho também.

_Eu nunca vou me esquecer disso, se há na face da Terra homem que eu quisesse que fosse para o pai do meu filho, esse é você. – Lia disse retirando-se para o seu quarto.

Wayne queria que ela lhe ouvisse e fosse para a casa que tinha comprado com tanto carinho, o amor o tinha pegado de assalto, não estava preparado para amar tanto e com tanta força por aquela mulher, agora ela ia lhe dar um filho, era o primeiro, teria que ser bem tranquila a gestação dela, isso o preocupava e muito, "o que eu faço meu Deus?" Wayne ficou por ali na escuridão pensando no que poderia fazer para impedi-la de fazer o que queria.

Pela manhã a Helen quis saber se o Wayne assinou o documento, Lia lhe disse que não.

_Então eu vou dar um jeito nessa situação.- pegou sua bolsa e fez Lia acompanhá-la, - Lia vem comigo que eu vou falar com o proprietário da casa e ver o que eu consigo sem o Wayne.

Saíram sem dizer aonde iam, o proprietário da casa reconheceu a Helen assim que a viu, recebeu-a de bom grado, não foi fácil à conversa, mas foi bem produtiva, ela sabia conversar e convenceu o homem a alugar a casa para Lia, com carinho e um jeito todo especial Helen conversava com ele que alugou a casa sem a assinatura do Wayne.

Fizeram tudo sem que o Wayne soubesse, Lia continuou na casa da Helen por mais uma semana até que tudo estivesse pronto para que ela morasse, perto de sua casa tinha uma senhora que ia ajudar a Lia com os afazeres domésticos por uma pequena quantia. Arrumou suas coisas na escuridão da noite e logo que o Wayne saísse para trabalhar a Helen ou o Phillipe a ajudava com a mudança, terminou todo o serviço que tinha com a Helen que lhe pagou os dias que trabalhou, despediu-se dela e das meninas indo embora com o Phillipe, ele a ajudou muito, Lia ainda sentia o seu carinho, mas agora o de amigo, sabia que podia contra sempre com ele, o respeito era muito grande entre ambos.

Mas o amor prega muitas peças e nos leva para caminhos desconhecidos, Lia não queria sair desse jeito tão secreto da vida do Wayne e ainda mais levando consigo o seu filho, mas, estava sendo guiada pela Helen que pensava que o filho fosse do Phillipe, e este a ajudava porque sabia da verdade.

Chegou a casa onde ia morar, a Helen e o Phillipe eram os únicos que sabiam onde ela estava, Wayne ainda ficou por dois dias sem saber que Lia não estava mais morando na casa.

Helen teve que ir ao jantar de lançamento do livro do Oliver, o Wayne ia chegar um pouco mais tarde que ela que resolveu sair sem esperá-lo. Wayne foi direto para casa esperou encontrar com Lia que não via por dois dias, encontrou suas filhas estudando para as provas finais, parou em frente à porta do quarto dela, queria bater e perguntar-lhe como estava, ficou sem coragem e foi direto para o seu quarto, precisava sair logo, se chegasse muito atrasado a Helen não o perdoaria, depois que se vestiu despediu-se das filhas e foi embora.

Chegou no jantar que estava sendo realizado pela anfitriã da noite, cumprimentou todos os que conheciam e ficou procurando por Helen e, não consegui achá-la, quando todos se voltam para olhar em direção oposta a ele que acompanhou o olhar da multidão, viu descendo da escada sua esposa de braços dados como o Oliver descendo as escadas toda sorridente. Algo chamou a atenção de Wayne e não soube explicar bem o que era que sentia naquele momento.

◆ ◆ ◆

_Wayne sua esposa está sendo um ótima anfitriã. – Dizia um dos seus amigos

"Anfitriã? A Helen?" Pensava olhando o convite em suas mãos viu o nome dela estampado, ele não tinha se dado conta, não tinha lido o convite apenas pegou-o onde a Helen deixou e saiu.

_Olá Wayne!

_Por que não me disse que era a anfitriã?

_Eu achei que você soubesse.

_Pois eu não sabia.

_Depois conversamos, está bem?

_Tenho alguma alternativa?

Helen saiu deixando-o ficando o tempo todo ao lado dos magistrados, dos editores e do Oliver, Wayne ficou em algum canto qualquer, sentou-se em uma cadeira qualquer enquanto via sua esposa ao lado de um outro homem como se ele fosse um estranho, ia sempre de um lado para outro acompanhando os dois.

Estava cansado de tudo aquilo, sempre odiou os jantares e as festas, a Helen foi à última a ir embora, Wayne bebeu um pouco além da conta, ela despediu-se do Oliver e levou o carro, aonde iam discutindo.

_Por que bebeu desse jeito Wayne? Você sabe que não pode, nunca foi de beber. O que está acontecendo?

_Me deixa em paz... eu precisava...de uma dose...só do fato...de ver...o Oliver...Dá-me enjoou.

_Não fale assim.

_Porque não convidou...a Lia e o seu namorado...enfadonho? Pelo menos...ele ia gostar do pessoal.

_A Lia está bem longe daqui. – Estacionou o carro na garagem, Wayne demorou em entender o que ela disse.

_Como assim está longe?

_Vá dormir e amanhã nós conversamos.

_Não! Eu quero...saber agora. – dizia em alto tom de voz.

_Você não está em condições de raciocinar muito bem.

_Estou sim, agora me fale aonde ela está?

_Eu não vou lhe dizer nada porque ela não lhe diz

respeito.- Dizia enquanto se trocava

_Me diz respeito sim. Ela morava na minha casa.

_Ela foi embora com o Phillipe. Pronto agora você já sabe.

_O que? Por que com ele? Quando?

_Oras ele é o pai do filho dela, ele vai assumir casando- se com ela. É o mínimo que pode fazer

_Ela não podia fazer isso...

_Me desculpe mas logo vai amanhecer e eu quero dormir um pouco.

Wayne fica zangado saindo do quarto, socava a porta do quarto de Lia com força.

_Você não foi embora não foi, eu sei que não foi, –Ninguém no quarto respondia – não foi embora com aquele homem não foi, você não pode ter me deixado. –Ttentava abrir a porta até que conseguiu viu o quarto vazio – você não pode fazer isso comigo.

Desceu as escadas deitando no sofá.

CAPITULO XIV

Pela manhã foi encontrado por suas filhas deitado no sofá da sala, que o chamou.

_Pai você não vai para a igreja conosco?

_Ah, que igreja?

_Nós estamos pronta para ir pai, você não vai?

_Não, eu não vou agora me deixa em paz.

_Não quer ir para o seu quarto? A mãe já se levantou.

_Eu lhe disse me deixa em paz Josie.

Ela olha-o virar-se no sofá e esconder o rosto na almofada, foi para o quarto da mãe para lhe contar.

_Mãe o pai não vai a igreja.

_Deixe-o Josie, ele não está muito bem. Vamos nós apenas.

Elas escutam uma buzina, a Josie olha pela janela e vê um carro parado em frente a sua casa.

_Mãe acho que é o seu amigo o Oliver que está aqui?

_Eu sei, ele vai conosco a igreja.

_E o papai sabe?

_Seu pai não quer ir, vamos nós.

Elas descem as escadas para recebê-lo. Wayne estava à par de tudo o que estava acontecendo ao seu redor, levantou-se, sua barba estava para fazer, sua roupa ainda era a mesma que esteve na festa, toda amarrotada, passou por todos no Hall.

_Bom dia Wayne.- Disse o Oliver quando o viu

Ele olhou para ele sem responder, apenas balançou a mão.

_Eu vou acompanhar a Helen na igreja, espero que não se importe.

Fez um gesto com as mãos ao subir as escadas, todos saíram, ele entrou no quarto que era de Lia e deitou na cama, ainda podia sentir o maravilhoso perfume que ela usava, aquele cheiro parece que O cativava despertando-o, "Foi aqui que fizemos o nosso filho, foi aqui que eu fui o homem mais feliz que existiu".Abraçou o travesseiro deixando que as lágrimas caíssem, agora Wayne se dava conta de que ela realmente tinha ido embora, chorava a perda daquela mulher que fazia o seu coração pulsar mais forte não peito, seu sangue ferver nas veias, só ela é que dava rumo a sua vida, aquele fogo que ardia sem se ver, ele a imaginava ali ao seu lado, "você me completa, me fez da forma que quis".Dizia a si mesmo, "volta para mim Lia, se eu te fiz algum mal a você me perdoa".

Wayne não sabia mais o que fazer perante aquela situação que não podia mais se sustentar, teria que mais cedo ou mais tarde contar a Helen, não suportaria ficar sem a Lia, sentia a cabeça doer por causa da bebida que tinha tomado na noite anterior.

Os meses foram passando, Wayne não conseguia descobrir onde Lia estava, decidiu procurar o professor na faculdade, engoliu seu orgulho e foi até ele, estava na sala esperando, quando ele entrou com uma porção de livros nos braços.

_O que você quer aqui? – Falava secamente

_Eu preciso saber onde ela está e só você pode me dizer.

_E quem lhe disse que eu vou lhe contar? Wayne chega perto dele para intimidá-lo.

_Você precisa, ela está com o meu filho.

_É verdade, mas porque não pensou antes em ajudá-la. Você não tem vergonha na cara? Sua mulher sabe que está aqui?

_Eu sempre quis ajudá-la, ela é que não deixou, por favor eu amo aquela mulher. – Dizendo isso sou orgulho caia por terra. Não pensou em si mesmo mas, pensava nela e no seu filho.

_Você é casado, não tem caráter? Por que não a deixa em paz para viver a própria vida?

Ele se zangou segurando-o pelo colarinho dizendo:

_E se alguma coisa acontecer a ela? O que você vai fazer? Ela está sozinha esqueceu?

_Ela não está sozinha, eu não sou como você. Tem uma senhora tomando conta dela. Eu não quis me aproveitar dela.

_Eu a amo...

_Mas não pode ter ela, será que não percebe que você tem uma família para cuidar?

_Ela é minha responsabilidade, mesmo que você não me diga onde ela está eu vou descobrir. – assim que termina de falar larga ele e vai embora, não ia adiantar nada pressioná-lo, ele não ia lhe dizer onde ela estava.

Wayne estava obcecado por encontrar Lia, depois de quatro meses não sabia como tinha conseguido ficar tanto tempo sem ela, não dormia no seu quarto, Helen questionava-o porque estava dormindo no antigo quarto da Lia.

_O que aconteceu com você Wayne? Não é mais o mesmo desde que Lia foi embora.

Ele não lhe respondia estava no banheiro e fazia a sua barba, ela sentou no vaso e ficou olhando-o, queria saber porque ele mudara tanto.

_Você está muito abalado desde que soube que Lia tinha ido embora. O que você quer com ela? Continuou calado.

_Wayne responda. Precisamos conversar.

_Pode falar eu estou ouvindo.

_O que está acontecendo conosco? A nossa vida já não é mais a mesma, não dormimos juntos, não fazemos amor, você não acha que está na hora de revermos nossos conceitos quanto ao nosso casamento?

Ele virou-se para ela.

_O que você quer dizer com isso?

_Eu sei que você mudou, eu também mudei e muito, para te dizer a verdade desde que eu encontrei o Oliver minha vida não foi mais a mesma. Eu sei que com você e a Lia foi mais ou menos assim.

_O que você quer dizer?

_Eu sei que você é um homem que presa muito o casamento, mas eu falo de amor, de felicidade. O que eu não estou sentindo mais com você e sei que você também não.

_Eu não estou sendo um bom marido?

_Foi um bom marido, ainda é um bom pai para nossas filhas. Mas eu sinto algo no ar desde que a Lia foi embora, você sabe que às vezes eu sou um pouco dispersa, demoro em perceber o que acontece ao meu redor, vendo o seu estado eu cai em mim mesma e pensei, 'ele está tão infeliz quanto eu.'

_É verdade Helen, mas, acho que a separação é um pouco radical, você não acha?

_Não. Eu quero te confessar uma coisa que há muito tempo me atormenta. – Ela sai do banheiro e senta na cama tentando encontrar coragem para falar.

Ele senta ao seu lado com a toalha enxugando o rosto.

_O que está te atormentando?

_Eu e o Oliver estamos juntos a algum tempo.

_Como assim estão juntos?

_Quero que fique calmo e escute. Eu não planejei nada, você me deixou sozinha nos Estados Unidos e o Oliver apareceu e foi...tão delicado... acho que eu estava carente.

_Fale de uma vez Helen.

_Nós somos amantes...

_Acho que não ouvi bem.

_Você ouviu sim e, por favor não se faça de puritano que eu sei que você também deve ter uma amante, ou não teria se afastado tanto de mim. Eu pelo menos estou sendo sincera e lhe contando, quero saber se você vai me contar sobre você?

_Não reverta à situação, estamos falando de você com o Oliver...

_Não seja puritano Wayne, você só vai a igreja por ir, não sabe rezar e nem nada sobre a missa. Eu percebo tudo, finjo que nada está acontecendo. Esse foi o meu erro.

_Tudo bem Helen. Você tem o direito de saber tudo. Acho que está mais do que na hora de abrir o jogo, eu só não sei como lhe contar.

_Que tal pelo começo.

_Tudo o que foi dito sobre amor e felicidade eu sei que você tem toda razão. Eu senti falta de tudo isso também, acabei encontrando... o amor onde eu jamais imaginaria encontrar, eu não fui me jogando nos braços de outra, entenda bem! – Wayne fazia gestos com as mão demonstrando que estava nervoso. – Ela não é qualquer uma e além do mais não me quis, relutou o quanto pode as minhas investidas. Mas, o amor me pegou de surpresa pregou uma peça bem grande e eu não resisti. Eu não queria te magoar.

_Eu posso compreender Wayne, todo esse tempo estávamos nos magoando e deixando a nossa felicidade de lado por preconceito antigo.

_Eu nunca quis te machucar...

_Eu sei, mas acho que está magoando outra pessoa e a você mesmo.

_É eu estou sim.

_E por que não vai até ela?

_Você acha que é tão simples assim?

_Não sei, você podia tentar. Eu quero lhe dizer que eu e o Oliver vamos para os Estados Unidos numa conferência que vai haver.

_E as meninas como vão ficar?

_Pode deixar que eu me entendo com elas, vou levá-las comigo, você sabe que elas vão querer morar comigo.

_Eu já esperava por isso.

Ela se levanta e diz:

_Vai até ela e diz tudo o que sente, abre o seu coração Wayne, pelo menos uma vez na vida não deixe a oportunidade passar.

_Então me diz onde ela está.

_ Como? A quem você se refere?

_A Lia.

_A Lia? Por que?

_Porque é a ela que eu amo Helen.

Ela ficou estupefata com o que acabou de ouvir.

_Você deve esta brincando! Ela grávida do Phillipe.

_Não, o filho que ela espera é meu...

Antes que termine de falar ela lhe dá um tapa no rosto.

_Como pode fazer isso comigo e com essa pobre moça. Que promessas você lhe fez para levá-lapara cama?

_Por favor, Helen, eu lhe disse que a amo e, estou sofrendo porque ninguém me diz onde ela está.

_Por isso você não queria que ela fosse embora com o Philipe.

_Ela foi embora sim, mas não com ele, eu sei por que ela me ama também.

_Como pode fazer isso conosco Wayne?

_Olha quem fala?

_Eu sou uma mulher experiente, ela é um pouco mais que uma criança e que podia ser sua filha.

_São apenas quinze anos de diferença e, ela não é uma criança é uma mulher.

_O que vai dizer a suas filhas?

_O que você vai dizer?

_O meu caso é diferente.

_Eu não acho.

_Então resolve logo porque eu vou levá-las esta

noite para jantar com o Oliver e vamos contar a elas tudo. –
Helen vai saindo do quarto ele a detém.

_Me diz onde encontro a Lia.

_Muito bem, se for verdade que ela te ama Wayne
você tem que cuidar dos dois. – Ela pega um bloco de papel,
escreve o endereço e entrega para ele. – Por favor Wayne fale
com as meninas antes de assumir qualquer atitude.

_Eu vou fique tranquila

_Espero que vocês sejam felizes. – Diz saindo

_Helen! – Ele a chama – O amor te fez muito bem,
você está muito bonita.

_Obrigada. – respondeu com um sorriso.

_Espero que você seja feliz também.

Ela fecha a porta, ele olha o endereço nas mãos, era
perto em Oxforshire, conhecia o lugar, logo após falar com
suas filhas ia até lá, e lhe faria uma surpresa.

Wayne e Helen foram falar com as filhas, elas ficaram
um pouco confusas, primeiro a mãe e depois o pai, explicaram
que o casamento deles tinha acabado, foi uma longa conversa
e difícil também, eles sempre foram abertos a conversas com
as filhas que expunham suas opiniões, eles acabaram fazendo
com que elas entendessem a situação.

Wayne estava ansioso por encontrara Lia novamente,
sentia-se mais aliviado por ter contado tudo, um peso muito
grande saiu de suas costas sendo jogado no chão, já estava
anoitecendo quando saiu de sua casa, não queria deixar para
o dia seguinte, assim que Helen e as meninas saíram, ele fez
o mesmo, colocou no carro uma pequena mala e se pôs a
caminho, comprou flores e algumas coisas no mercado, queria
chegar logo, a noite estava bonita, a lua cheia o acompanhava,
chegou no pequeno condado, viu uma luz acesa na pequena
casa, estacionou o carro, bateu na porta não obteve resposta,
foi até a parte de trás da casa, viu Lia sentada no gramado
contemplando a lua, o vento soprava seus cabelos. Ele a olhava
com adoração, sua barriga estava aparecendo, "está quase de
cinco meses".Pensou encostado na parede olhando-a.

◆ ◆ ◆

Tudo estava diferente na vida de Lia, talvez por causa da gravidez, ela se sentia mais solitária do que jamais foi, às vezes conversava com a sua irmã por telefone ou escrevia, chorava todas às vezes que falava no pai.

O Phillipe como sempre se dedicava aos estudos, o Wayne era um homem preso às tradições de um casamento infeliz, sabia que sempre amou a pessoa errada e agora não era diferente, dessa vez a consequência foi maior e carregava consigo uma nova vida que podia comprovar o tamanho do seu amor por aquele homem. Estava de cinco meses, o bebê crescia saudável, se desenvolvia a cada mês, Lia conversava com ele porque não tinha muita companhia, principalmente à noite, queria que ele nascesse logo para que tivesse mais do que companhia, ter com quem repartir os seus momentos, sentia falta da Helen, das meninas e das conversar, a amizade para ela era importante, se um dia tivesse que contar ao filho que o pai era o Wayne não sabia como fazê-lo sozinha.

Não queria magoar a Helen, mesmo já tendo magoado quando deitou com o seu marido ou quando o beijou, não soube o que foi mais errado, sentia saudade dos beijos, do carinho, das caricias que só o Wayne sabia fazer, a noite estava tão agradável e convidativa à um romance, sentou na grama e conversava com o bebê passando a mão na sua barriga, ligou o rádio deixando a música fluir pelo lugar, o som acalmava o filho, de repente ouve passos atrás de si e volta para olhar e ouve uma voz conhecida e amada.

_Olá! – Era o Wayne que chegava sentando ao seu lado.

_Olá! – Respondeu surpresa

_Está uma linda noite não é? – Falava calmamente olhando a lua.

_Sim, está uma linda noite. É sempre tão convidativa.

_É mesmo!

_Sabe que eu adoro esse vento nos cabelos?

_Eu também gosto.

_Como foi que me encontrou?

_Da maneira mais fácil possível, eu perguntei.

_Ah, sei!

_Eu pensei que ia encontrar o professor aqui.

_Faz tempo que ele não vem, mas, liga todo dia.

_Sei, e vocês estão juntos?

_Acho que nunca estivemos, ele sempre preferiu os seus livros.

_Ele não fez uma boa escolha.

Lia não responde apenas acena com a cabeça, ele pega as flores e lhe entrega.

_Eu não sei se você gosta de rosas, eu nunca lhe perguntei, mas, vi essas flores e achei tão bonitas, acho que ficará bem na sua sala.

Lia pega as flores com um sorriso.

_Obrigada são realmente muito bonitas, quer entrar e tomar um café ou um chá?

_Acho que um chá estaria ótimo.

Ele a ajuda a se levantar e fica olhando-a, vendo que a sua barriga estava grande.

_Como o bebê está?

_Agora está calmo, ele costuma ser bem agitado. – Ela falava e andava para dentro da casa, ele senta enquanto ela pega a chaleira para colocar o chá.

_Eu lhe trouxe algumas coisas, você se importa se eu for buscar?

_Não, é claro que não!

Ele vai até o carro pegando apenas as compras, olha para a mala e a deixa.

_Você sabe que eu nunca vou a nenhum lugar de mãos vazias. – Foi colocando tudo sobre a mesa, ela para o que estava fazendo, ele olha para ela e chega perto. – Aconteceu algumas coisa?

_Ele não para de mexer, veja só! – Lia pega a mão de Wayne e coloca sobre sua barriga, ele sente sorrindo e acariciando, as lágrimas vem aos seus olhos, ele a puxa para si abraçando-a.

_Meu amor que saudade de você e do nosso filho. – Levanta o queixo dela fazendo-a olhar para ele.

Lia enxuga as lágrimas dos olhos dele sorrindo enquanto enlaçava o seu pescoço.

_Você realmente fez o que disse que ia fazer, não é? Deixou-me angustiado todo esse tempo e ninguém queria me contar onde você estava.

_Quem lhe contou onde eu estava?

_A Helen.

_Ela não desconfiou de nada?

_Ah, meu amor! Venha sentar-se aqui e eu vou lhe contar tudo, – Lia senta no sofá com ele ao seu lado, ele a aconchega nos seus braços – antes de tudo eu quero beijá-la. – ele lhe dá um beijo saudoso, cheio de vontade e angustia, seus lábios procuram os dela até encontrar, roça sua língua na boca quente de Lia, segura sua mão e continua o que estava dizendo. – Eu resolvi contar a ela tudo sobre nós, antes que eu o fizesse ela me confessou que era amante do tal do Oliver. Eu fiquei pasmo com a noticia, eu que tinha medo da reação dela ao saber sobre você, achei que ela fosse ter um choque ou algo parecido quem levou um tremendo choque foi eu.

Lia ouvia tudo com incredulidade na fisionomia.

_Meu Deus como ela teve coragem? Sempre foi tão alheia a tudo.

_Acho que o Oliver a faz sentir-se mais segura de si mesma.

_Assim como você faz comigo, amor!

_Eu não fui um o bom marido ou o bom amante que ela queria.

_Quer dizer que ela teve coragem de jogar tudo para o alto e viver esse amor com o Oliver?

_Para você ver como são as coisas. Eu acho que foi

você que a influenciou.

_Eu?

_É, com aquelas danças e coisa e tal. – Dizia fazendo gestos e sorrindo

Lia ria do que ele fazia.

_Mas você bem que gostou, porque ela contou.

_Oras, não fique com ciúmes porque eu pensava em você e na sua dança e, lhe digo mais, ela dança mal que só vendo. Eu às vezes me segurava para não rir, acho que você não é uma boa professora.

_Ah, é! – Diz rindo e lhe dando uns tapinhas de brincadeira – Você pediu que eu dançasse para você, não foi?

_Foi...

_E você gostou.

_E muito, quero que você sempre dance para mim amor. Eu quero acordar te sentindo ao meu lado...

Antes que termine de falar Lia chega encosta os lábios nos dele e o beija freneticamente, toda a angustia e saudade que sentia estava indo embora.

_Eu...Te amo...Wayne...- dizia entre beijos – eu...Te quero...tanto...

_Eu preciso de você Lia, do jeito que é, eu não quero te mudar em nada. Eu te amo muito, não suportaria viver sem os seus carinhos. A sua ajuda sempre foi tão tranquila e serena eu vou aprendendo que amar vale a pena.

_Eu também não quero te mudar em nada, os seus defeitos são os meus defeitos.

_Só você amor para dar direção a minha vida. Me fez conhecer o amor. – Ele acariciava o rosto dela enquanto dizia.

_Você também me fez conhecer o amor Wayne. Eu só não achei que fosse ter você.

_Agora eu sou todo seu, faça tudo o que quiser fazer.

_Eu vou te amar muito.

Ele a beija com mais vontade e desejo, Lia o conduz

até o quarto onde dormia.

_Amor eu vou buscar minha mala no carro, eu volto logo.

CAPITULO XV

Depois de minutos ele estava de volta com a mala, era tudo o que ela sempre quis ver desde que chegou naquela casa, parecia que seus sonhos mais impossíveis estavam se tornando realidade.

De uma forma romântica e bonita ele foi se aproximando dela com uma das rosas que tinha lhe trazido, chegou perto dela e a enlaçou pela cintura, tinha tirado todos os espinhos da rosa de forma que não a machucasse, passou com delicadeza no rosto dela e foi descendo até os seios cobertos pelo vestido.

A paixão a percorria por inteira, o seu toque era suave, enquanto ele desabotoava vagarosamente os botões do seu vestido até que ele caiu no chão, ele tocou com rosa os seios dela fazendo-a tremer de prazer.

_Wayne...- murmurava sentindo o toque dele.

Ele prendeu a rosa nos cabelos dela, chegou até o sutiã abrindo-o jogando no chão em seguida, com um leve toque ele percorreu com os lábios os seios, lambia-os fazendo com que ela sentisse um desejo incontrolável subindo por todo o seu corpo.

Pegou-a no colo deitando-a na cama, tirou a camisa e toda a sua roupa, Lia ficou olhando tudo o que ele fazia, não ousou a se mexer, ele a abraçou trazendo-a para mais perto dele, ao sentir os seus seios de encontro ao peito másculo dele gemeu de prazer, seu corpo uniu-se ao dele voluptuosamente, gulosamente.

Lia deslizava as mãos sobre o peito nu de Wayne, até chegar ao membro rígido de prazer, seus corpos desejos se colaram vulneráveis como apenas dois apaixonados consegue.

Iniciaram uma dança lenta e sensual, tentaram captar todos os movimentos um do outro, nunca tinha sentido o que sentia agora, ele via toda a sensualidade de Lia com aquela barriga.

_Você consegue ser sedutora até na gravidez. – sussurrava no ouvido de Lia passava as mãos na sua barriga com carinho e ternura.

_Eu quero amar cada pedacinho de você Wayne.

_Sou todo meu amor, minha vida.

Lia sentia todo o toque das mãos grandes de Wayne por sobre o seu corpo, ele percorria todo o corpo dela com delicadeza, mordia carinhosamente os seios fazendo com que ela se arrepiasse toda, Lia guiava-o até o seu ventre quente que chamava por ele há muito tempo, ele se curvou até as coxas e começou a tocá-la. Ela gemia de tanto prazer que encontrava.

Lia queria lhe tocar também, percorreu suas mãos do ombro até as coxas grossas dele, descendo até o membro ereto exposto ao seu maior desejo, ela começou a tocá-lo de maneiras diferentes que ele começou a soltar vários gemidos de prazer, ele delirava com o toque suave das mãos femininas de Lia.

_Você...tem...toque...mágico...- tentava falar Wayne sentindo que não conseguia mais controlar as sensações que ela produzia em seu corpo. Uma sensação de urgência tomou conta dele.

Lia estava fascinada por aquele corpo tão viril e masculino. Ela o guiou para o meio de suas pernas, ele foi com delicadeza penetrando-a, o corpo de Wayne preenchia todo o corpo dela, os dois num mesmo ritmo de prazer e desejo profundo um pelo outro. Amavam-se com urgência, sentia uma corrente elétrica percorrendo seu corpo fazendo-a sentir sensações fortes e

maravilhosas, até que ambos chegaram ao clímax juntos. Ele a olhava.

amor.

_O que foi que você olha?
_Uma linda mulher nos meus braços depois de fazer

_Como podemos nos completar tanto Wayne?
_Você foi feita para mim.
As palavras de Wayne saíram românticas aos ouvidos de

Lia que lhe sorria, sentia-se suspensa num clima de magia. O amor entre eles era uma mistura de paixão e ternura.

_Você é fantástico amor. O homem mais incrível que eu conheci.

_E o último. – Colocando o dedo no pequeno nariz dela - Pode ter certeza disso.

_Acho que nós esquecemos o chá.

_Eu estou mais interessado em você. O chá foi só uma desculpa.

_Você não precisa de desculpas. Eu sou toda sua Wayne. Ele a puxou para mais perto dele e a beijou, fizeram amor mais uma vez naquela noite, sem pressa alguma, agora teriam todo o tempo do mundo para amar.

Wayne levou Lia para a casa que tinha comprado para ela, era muito bonita, toda de pedra, um grande jardim, portão branco e grande, vários cômodos da casa estavam mobilados, os móveis bem modernos que davam um contraste com a casa estilo antigo. A cozinha era bem equipada e moderna, Lia olhou para o quarto que eles iam dormir e viu uma enorme cama com um dossel e um véu que caia até o chão, era aconchegante e simpático, a porta pesada, pois viu que era de mogno dava passagem para o terraço, podia se ver todo o jardim.

Lia gostou muito da casa, percorria todos os cômodos da casa, enquanto o Wayne não voltava, ele tinha ido ao fórum assinar o divorcio entre ele e a Helen. Ouviu um carro estacionando, foi até
o terraço e viu que ele acabara de chegar, correu em sua direção.

_E ai meu amor. – Dizendo isso ele abraça – gostou da nossa casa?

_Ela é linda.

_Viu todos os quartos? Tudo?

_Olhei tudo, a vista é magnifica, estou amando a idéia. - Ela vira-se para ele perguntando. - Como foi com a Helen.

_Meu amor ela me deu uma idéia, bom não foi bem ela foram as meninas.

_O que seria?

_Se você concordar podemos fazer os dois casamentos no mesmo dia.

_Que idéia genial. E de quem foi essa idéia?

_Da Susi. Ela pediu que eu a levasse hoje à noite para um jantar, onde vai anunciar o seu noivado com... – Ele faz uma pausa antes de dizer. – Lia você tem certeza do seu amor por mim?

_Por que pergunta? Que provas mais você quer?

_Essa! – Ele a beija com um desejo natural que incendiava o amor dos dois.

_Me diz logo Wayne.

_Ela vai ficar noiva do Phillipe.

_Do Phillipe?

_Você não ficou com ciúmes, ficou?

_Que insegurança é essa Wayne?

_É que eu te amo tanto. Não ia conseguir viver sem você.

_E você acha que eu consigo viver sem você?

_Eu espero que não.- puxou-a para um beijo.

O casamento foi marcado para o próximo mês, a felicidade parecia geral, as filhas da Helen e do Wayne se dividiram no casamento, duas foram damas da Helen e as outras duas foram de Wayne e Lia que estava de sete meses. Elas agora eram mais do que amigas de Lia, formaram uma única família. Helen foi para o Estados Unidos com o Oliver e as filhas, estavam na conferência que Helen e Oliver iam participar, mas gostaram e compraram uma casa para morarem.

Phillipe tinha encontrado uma pessoa que o amava em segredo há muito tempo, estavam com o casamento marcado para depois da formatura de Susi. Ele a ajudava em tudo, estava mais feliz do que nunca.

No dia do nascimento do bebê, Wayne foi chamado às pressas para casa, levou Lia para a maternidade, estava tão nervoso como se fosse o primeiro filho dele, ele quis filmar o parto do seu filho, desmaiou duas vezes e quem acabou filmando foi mesmo à enfermeira, ele dizia que não conseguia segurar tanta emoção.

_Estou tão feliz amor. – Dizendo ele segurando o filho no colo

Wayne e Lia eram um a metade do outro, ambos cumprisses de um amor que ultrapassou preconceitos derrubando barreira e transpondo tudo o que viesse no caminho. Ele era o homem do coração de Lia ao qual havia dado todo o seu amor, unidos contra tudo o que viesse atrapalhar, até contra o mundo se assim fosse preciso, foram reunidos por uma paixão que venceu o tempo e o espaço para durar por uma eternidade.

FIM

SOBRE O AUTOR

Rute Lombano

A escritora Rute Lombano é formada em gestão ambiental com pós em direito ambiental. Tem várias obras publicadas pela Amazon e independente tem duas publicações pela editora Viseu, a primeira  Devorador de Pecados, um sucesso que garantiu a Martelo do Inquisidor seguir o mesmo caminho.